U0905568

Our Souls at Night

晚风如诉

（美）肯特·哈鲁夫 著　濮妍 译
Kent Haruf

献给卡茜

1

那是五月某一天的傍晚，天色还没有完全黑下来，艾迪·摩尔拜访了路易·沃特斯。

他们住在希达街上相邻的一个街区，是小镇最有年头的地方。路旁种着榆树和朴树，还有一棵枫树孤零零地长在马路边，翠绿的草坪从人行道一直铺展到两边的二层别墅。白天的暖意已经退去，只余晚风清凉。艾迪沿着人行道从树下穿过，到了路易家的门口。

路易应门时，她问："我可以进来和你说些事情吗？"

他们来到客厅坐下。路易问她："你要喝点儿什么？茶怎么样？"

"谢谢你，不用啦。我应该不会待很久。"艾迪环视房间说道，"你的房子看起来真不错。"

"黛安总能把房子打理得很好。我也在设法学着打理。"

"看起来还是很好。"艾迪说道，"我已经好多年没来过这儿了。"

她看着窗外夜色笼罩的院子，又看向明亮的厨房，这里的一切都显得整洁有序。

路易观察着艾迪。她是个很好看的女人，曾经乌黑的头发现在已经花白，而且剪短了许多，身材依旧很好，除了腰臀有点儿发福。

艾迪说："你可能会奇怪我为什么来。"

"嗯，我想你也不会过来就为了告诉我，我的房子看起来不错。”

“的确。我过来是想跟你说件事。”

“嗯？”

“算是一个提议吧。”

“好，你说吧。”

“不是结婚。”艾迪说道。

“我也没有那么想过。”

“但这又是一个有点儿像结婚的事。我现在有点儿紧张，不知道还能不能说出口。”她嘴角翘起笑了一下，继续说道，“这倒是挺像结婚的感觉，是不是？”

“你说什么像婚姻？”

“让人害怕，让人退缩。”

“也许吧。”

“好了，我要说了。”

“嗯，我在等你说。”

“我想知道你是否愿意时不时地来我家和我一起睡觉？”

“什么？你说什么？”

“我的意思是，这么多年来，我们都是一个人。我很孤独，也许你也一样。所以我想知道，你愿不愿意来我这里，晚上和我一起睡觉、聊天？”

路易带着好奇和谨慎端详着她。

“你一句话都不说，是我吓到你了吗？”艾迪问道。

“有点儿。”

“我指的不是性。”

“我想也不是。”

“我没有往那方面想，很久以前就没有冲动了。我指的是你和我一起在床上暖暖和和地躺着，互相陪伴着过夜。夜晚是最难熬的，不是吗？”

“是的。”

“我要么吃安眠药，要么就读书读到很晚，第二天总是昏昏沉沉的。这些方法对我一点儿用都没有，可能别人也一样。”

“我也会这样。”路易回应道。

“但我想，如果有个人能在身边陪着我的话，我应该就能好好睡一觉了。一个很好的人，能够亲近的人，能够陪我在夜里说说话。”她停顿了一会儿说，“你觉得呢？”

“我不知道。你想从什么时候开始？”

“听你的。”她说，“如果你愿意的话，这周就可以。”

“我得想想。”

“没问题。不过如果你想来的话，就提前告诉我吧，我能提前做些准备。”

“好的。”

“那我等你的消息。”

“我要是睡觉打呼噜呢？”

“那你就打呗，或者慢慢改掉。”

路易笑了：“看来改掉打呼噜是第一步了。”

艾迪起身和路易告别，向自己的家走去。

路易站在门前目送她离开，看着这个七十岁、中等身材、头发花白的女人从路灯投下的斑驳的树影下穿过。

他忍不住喃喃自语：“这到底是怎么回事？不可思议。”

2

第二天，路易去了镇上主街的理发店，剪了个干净利落的毛寸，顺带把胡子也刮了。回家之后，他给艾迪打电话说："如果可以的话，我想今晚过去。"

艾迪说："没问题。很高兴你能来。"

路易吃了顿清淡的晚餐，一个三明治和一杯牛奶。他不想吃得太多，免得沉甸甸地压在她床上。然后彻底地擦洗了一番，他还专门修剪了手指甲和脚指甲。他把睡衣和牙刷装进纸袋，一切准备妥当了。

天黑之后，路易推开后门，拎着纸袋走进小巷。巷子里一片漆黑，鞋子与砾石路的摩擦声显得格外清晰。小巷对面的房子亮着灯光，他能清楚地看到厨房里的女人在洗碗池边的剪影。路易经过停车场和花园，来到艾迪的后院，敲了敲门，很久没人应门。

一辆车打着大灯从房屋前开过。他还能隐约听到主街上高中生互相鸣笛挑衅的声音。这时，头顶上门廊的灯亮了，门开了。

艾迪问："你在屋子后边做什么？"

"这样别人就不太容易看到。"

"我才不在乎。他们总会看到，总会知道的。走前面的人行道，走正门。我已经决定不再管别人怎么看了，小心翼翼了一辈子，已经活在别人的眼光里太久了，现在我再也不要那样活了。走小巷显得我们像在做坏事或者做见不得光的事一样，好像应该觉得丢人。"

路易说："看来我真是当老师太久了。不过没问题，下次来的时候我走正门。如果还有下一次的话。"

艾迪说："你认为没有吗？这只是次一夜情？"

"不知道。可能吧，一次不做爱的一夜情。以后怎么样，我也不知道。"

她问："难道你一点儿信心也没有吗？"

"我对你有信心，一直都有。我只是不知道能不能给你同样的信心。"

"什么意思啊？"

"你的勇气，敢于冒险的魄力感染了我，可是我不知道自己能不能也同你一样勇敢。"

"但你也来了。"

"是的。"

"那你还是先进来吧。虽然没什么丢人的，但我们也不用一晚上都站在这儿。"

路易跟着艾迪，从屋后的门廊进了厨房。

艾迪说："先喝点儿什么吧。"

"好主意。"

"喝葡萄酒吗？"

“喝一点儿。”

“你更喜欢啤酒？”

“没错。”

“那我下次准备点儿啤酒。如果有下次的话。”艾迪说。

他不清楚艾迪是不是在开玩笑，说：“如果有的话。”

艾迪问：“你想要白葡萄酒还是红酒？”

“白葡萄酒，谢谢。”

她从冰箱里拿出一瓶酒，各倒了半杯，在厨房的餐桌边坐下来。艾迪问：“纸袋里装了什么？”

“睡衣。”

“所以至少今晚你想要试一下？”

“是，我是这么想的。”

他们喝完了杯子里的酒。艾迪问：“再来点儿吗？”

“不用了。我们能在房子里转转吗？”

“你想让我带着你看房间和布局？”

“我就是想多了解下我待着的地方。”

“这样如果需要的话，你摸着黑也能溜出房子了。”

“我可没那么想。”

艾迪站起身带着路易去了餐厅和客厅。接着，他们又去看了楼上的三间卧室。她的那间在屋子正面，能够俯瞰外面的街道。

“这就是我们平时睡觉的地方。”艾迪说道，“吉恩的卧室在背面，我们用另外一间做了办公室。”

“走廊尽头是卫生间，还有一个要从一层餐厅穿过去。”

屋里有一张特大号的床，上面铺了薄棉床单。

“你觉得怎么样？”艾迪问。

“比我想象得要大，房间也更多。”

“我们在这儿住得很舒服，已经四十四年了。”

“我和黛安比你们早来两年。”

“真是好久以前了。”

3

艾迪对路易说："我要去下卫生间。"

她不在卧室的时候，路易看了看摆在梳妆台上和挂在墙上的照片。有她与卡尔结婚时站在教堂的台阶上的全家福，有他们两个人在山中临溪站着的合影，还有一条黑白相间的小狗。

路易对卡尔了解不多，只知道他是个稳重得体的男人，二十年前推销农作物保险和其他保险给霍尔特郡人，还曾连任两届镇长。路易一直跟他不熟。墙上还有一些她儿子吉恩的照片。吉恩长得跟他们两个都不太像，是个又高又瘦的男孩，总是很严肃。还有两张她女儿小时候的照片。

艾迪回来的时候，路易说："我也要用下卫生间。"

上完厕所后，他认真地洗干净手，又挤了一点儿她的牙膏刷牙，然后脱下衣服和鞋子，换好睡衣。路易把外衣叠好放在鞋子上，一并放在门后的角落里，又走回卧室。

艾迪已经换上了睡裙躺在床上，卧室顶灯也关了，只有她身边的床头灯还亮着。窗子拉开了少许，有凉爽温柔的夜风吹进来。他走到床边停了下来。被单和毯子被艾迪折起一角。

艾迪："你不进来吗？"

路易："这就上来。"

他上了床躺在自己那边，拉起毯子盖好，一时间没有说话。

艾迪："你在想什么？这么安静。"

“我在想这事多不可思议，对我来说这是第一次。我还是不敢相信，也有点儿紧张。其实我也不知道自己在想什么，乱七八糟的一堆事。”

“的确是一种新感觉，不过这感觉还不错，你说呢？”

“我想是的。”

“你平时睡前都做什么呢？”

“我会看十点的新闻，然后在床上一直看书看到睡着。但不知道今晚能不能睡着，太紧张了。”

艾迪说：“我先把灯关上。我们可以接着聊。”她转到另一边去关灯的时候，他看着她光滑的肩膀，以及灯光下的银发。

屋子里暗了下来，只有街上的灯光微弱地投入房间。他们聊了些琐碎的事情，对彼此更熟悉了一些，谈起镇上的家长里短，住在他们两家中间的那位老太太露丝的身体状况，还有正在铺路的伯奇街。聊了一会儿，他们都安静了下来。

过了一会儿，路易问：“你还醒着吗？”

“嗯。”

“你刚问我在想什么，有一件事是我很庆幸我跟卡尔不熟。”

艾迪问：“为什么？”

“如果我们很熟的话，我就不会像现在感觉这么好了。”

“但我跟黛安很熟。”

一小时后，艾迪睡着了，呼吸平稳，而路易仍然醒着。他忍不住一直看着她。昏暗的光线下，他能看到她熟睡的面容。整个晚上，他们都没有碰过对方。

凌晨三点，路易起床去上厕所，回来时关上了窗。外面起风了。

黎明时，他起床去浴室穿好衣服，又一次看向还在床上的艾迪。她也醒了。

“我还会再来看你的。”他说。

“你会吗？”

“会的。”

路易从艾迪的房子里出来，走人行道回到家里。他煮了咖啡，吃了吐司和鸡蛋，又在自家的花园里忙碌了几个小时，之后回到厨房早早地吃了午餐，然后在下午踏踏实实地睡了两个小时。

4

下午醒来的时候，路易感到额头发烫，勉强起床喝了些水。犹豫了一会儿，他决定给艾迪打个电话：“我刚刚午睡起来，感觉不太舒服，胃和后背都疼。抱歉，今晚恐怕去不了了。”

她说“我知道了”，就挂了电话。

路易接着给医生打电话，预约第二天早上就诊，然后早早地躺下，出了一宿汗，根本睡不着。

次日早上，路易吃不下什么东西，等到十点直接去医院做血检和尿检。他在医院大厅一直等到检验结果出来，医生诊断是尿路感染，开了抗生素并安排他住院。

整个下午路易都在昏睡，到了夜里又睡不着了。早上他感觉好了一些，医生说也许再过一天就能出院。他吃了早饭和午饭，小睡了一会儿。下午三点左右醒来的时候，他发现艾迪坐在他床边的椅子上。他看着她。

“原来你没骗我。”她说。

“你以为我说谎？”

“我以为你只是用生病当借口，不打算再和我过夜了。”

“我就怕你会那么想。”

“我以为我们不会有以后了。”艾迪说。

“昨天和今天我都一直在想你，晚上也是。”

“想些什么？”

“在想你会怎么想我的那通电话，在想我该怎么告诉你我还想晚上过去和你一起，还想告诉你我对这件事情的热情远超一切。”

“为什么不再打个电话告诉我这些呢？”

“因为听上去像是编的，我怕结果反而会更糟。”

“如果你打来就好了。”

“的确应该打给你。你怎么知道我在医院？”

“今天早上我跟露丝聊天，她问我知不知道你出事了，我就问你怎么了。露丝说你住院了。我问怎么回事，露丝听别人说你发炎了，就是这样。”

“我不会骗你的。”路易说。

“嗯，我们都不要欺骗对方。所以你还会来吗？”

“只要我确定病好了就过去。看到你真好。”

“谢谢你。你现在看起来很憔悴。”

“我还没来得及洗把脸。”

她笑了起来：“我不介意，我不是那个意思，只是说说。”

路易说：“好吧，你看起来很棒。”

“给你女儿打电话了吗？”

“我跟她说不用担心，只是住一天就出院，没什么好担心的，不用请假来看我，她住得远，在科罗拉多斯普林斯镇。”

“我知道。”

“她和我一样也是老师。”他停了一下问艾迪，“你想喝点儿什么吗？我可以叫护士拿。”

“不用，我现在就回家了。”

“等我彻底好了就打给你。”

“好。”她说，“我买了啤酒。”

艾迪说完起身离开，路易目送她走出房间，打算躺下再睡一会儿，护士给他送来了晚餐，于是他一边吃着饭一边看新闻。饭后，他关掉电视，望着窗外，昏暗的天幕笼罩在小镇西边茫茫平原上。

5

第二天下午，路易出院了。他的病情比医生预想得要重，静养一周后，觉得身体恢复得差不多了，便打电话问艾迪晚上能不能见面。

“你现在还觉得不舒服吗？”

“嗯。没想到病拖了这么久。”

他洗完澡，刮了胡子，然后涂上须后水，摸黑拿起纸袋，径直从邻居们的家门前走过，敲响她的房门。

艾迪马上就应门了：“嗯，你看起来好多了。进来吧。”

她把头发全梳到后面，露出整张脸，看起来很漂亮。

他们坐在餐桌前一起喝酒、聊天，和之前一样。然后她说：“我要上楼了，你呢？”

“我也是。”

她把杯子放进洗碗池，带着他上楼。他走进浴室换上睡衣，把换下的衣服叠好放在角落。当他回到卧室的时候，艾迪已换好睡裙，她拉起被单，让他躺下。

“你上次没有把睡衣留下，我以为你不会再来了。”

“那会儿我们还没有聊太多，我怕这样做会显得很冒失，好像我把这一切都当作理所当然的。”

“那你今天就可以把睡衣和牙刷留下来了。”她说。

“这样能省下不少纸袋子。”他说道。

“可不是嘛。你有没有什么特别想聊的？”她说道，“不用非是什么要紧事，只要开始聊天就好。”

“其实我有很多问题想问你。”

“我也是。你想知道什么呢？”

“我很好奇为什么你会选中我。我们之前并不算熟。”

“你觉得我就是随便挑一个人吗？觉得我只是想要一个人在晚上陪着，和随便哪个老头聊天都可以吗？”

“我不是这么想的。但我不知道你为什么会选我。”

“你觉得后悔吗？”

“不，完全没有。我只是好奇，想知道原因。”

“因为我觉得你是个好人，一个善良的人。”

“我希望我是。”

“我相信你是。而且我一直觉得你是那种我可能会挺喜欢的人，我们应该会有话聊。那你以前会想起我吗？你会怎么看我？”

“我会想到你。”

“那你觉得我怎么样？”

“你很好看，而且你有内涵也有个性。”

“为什么会这么想？”

“因为卡尔去世后，我看到你面对这种生活的态度和你的生活方式。”他说，“我知道妻子死后我的生活是怎么样的，那段日子不好过，而你做得比我好多了。这就是我会这么想的原因。我很佩服你。”

“可那时你从来没探望过我，也没对我说过什么。”她说。

“我不想让你感到被打扰。”

“但你不会。我那时很孤独。”

“我想到过这一点。可我还是什么也没有做。”

“你还有什么想知道的？”

“我想知道你从哪里来，你在哪里长大，你小时候是什么样，我想知道你父母是什么样的人，你有没有兄弟姐妹，你是怎么遇见卡尔的，你和儿子的关系怎么样，我想知道你为什么会搬到霍尔特，你的朋友都有哪些，你的信仰，还有你支持哪个党派。”

“看来我们以后会有很多有趣的事情可以聊，是不是？”她说道，“我也想知道关于你的这一切。”

“我们不用急着一口气聊完。”他说。

“嗯，慢慢来。”

她转过身关掉床头灯。他又一次看到灯光下她光滑的头发和裸露的肩膀。黑暗中，她握住他的手说晚安，不一会儿便睡着了。这让他有些惊讶——她竟可以这么快就入睡。

6

第二天一早，路易就在院子里忙活，修剪草坪，午饭之后小睡了一会儿，然后去了面包房，和一群朋友喝咖啡。他们每两周都在这儿见一次面。一个他一向不太喜欢的男人说："我真希望像你这么精力充沛。"

"为什么这么说？"

"一晚上都不着家，第二天还有精力做事。"

路易看了他一会儿，说："你知道吗，我经常听人说你嘴巴有多严，不管听到点儿什么，都能马上从嘴里漏出来。我可不想在这么小的镇上被扣上撒谎和造谣的帽子，有了就再也摘不掉了。”

那个男人盯着路易看了一会儿，又看向桌边的其他人。然而没有人与他对视。他悻悻地起身，走出面包店，上了主街。

“我才不信他付了咖啡钱。”其中一个人说道。

“我来吧。”路易说，“我先走了，改天见。”他走到柜台付了自己和那个人的咖啡钱，从店里出来，一直走到希达街。到家后，他在花园以几乎粗暴的方式锄了一小时草，回到屋里煎了个汉堡，喝了一杯牛奶。饭后，他常规地洗澡、剃须。等待夜幕降临，他会到艾迪那儿。

7

艾迪白天的时候把房子彻底地打扫了一遍，给楼上卧室换了干净的床单，然后洗了澡，吃了个三明治当晚餐。吃完饭，她就安静地坐在客厅，任天色渐渐暗去，一动不动，陷入沉思，等待着路易到屋前敲门的那一刻。

终于，他来了，艾迪让路易进门。她能看得出来他今天有些不对劲儿。“怎么了？”她问。

“我这就告诉你。咱们可以先喝点儿酒吗？”

“当然。”

他们走进厨房，她递给他一瓶啤酒，又给自己倒了些红酒。她看着他，等着他开口。

“咱们的事情传出去了，”他说，“如果以前还算保密的话。”

“你怎么知道的？发生了什么？”

“你听说过多兰·贝克吧。”

“他以前有家男装店。”

“是的，他把那家店转手卖了，现在住在镇上，每年都要去亚利桑那过冬，他好像从来就不喜欢这儿，大家都以为他会搬到别的地方去。”

“这跟我们的事情传出去有什么关系？”

“我每个月会去几次面包房见些朋友，他也是其中之一。今天他说他想知道我怎么有这么多精力，整晚都在外面，白天还能正常干活儿。”

“那你怎么说的？”

“我说他传八卦和撒谎都是出了名的。我当时气疯了，没有处理好，现在还气着呢。”

“能看得出来。”

“我就应该直接无视他，转移话题的，但我没有。我不想他们对你指指点点的。”

“随他去吧，路易。我们一开始就知道别人会发现的，我们谈过这一点。”

“我知道，但没想过会这么快，我还没准备好。我不想让他们瞎编乱造我们的事，尤其是对你。”

“谢谢你能为我着想，但他们伤害不了我。我会好好享受晚上共处的时光，无论这段时光能持续多久。”

路易看着艾迪：“你为什么这么说？听起来和我那天的话一样了。你不觉得我们能继续下去，并且很长久吗？”

“我希望能。”艾迪说，“我告诉过你的，我再也不会为了别人而活，也不会再介意他们怎么想怎么看了。那不是生活该有的样子，我再也不会那么过日子了。”

“好吧，我真希望我能像你这么透彻。你说得对。”

“你现在消气了吗？”

“差不多了。”

“再来一瓶啤酒吗？”

“不了。如果你还想再喝点儿，我会坐在这里陪你。看你喝就好。”

8

“我在内布拉斯加州的林肯市长大。”艾迪说，“我家在郊区的东北边，是栋有护墙板的二层房，住着很舒服。爸爸是商人，当时生意做得还不错。妈妈很会操持家务，做饭也很好吃。邻居基本都是中产家庭或者工人家庭。我有个姐姐，但我们关系不好。她更活泼外向，爱社交，跟我不一样。我那会儿很安静，或者说是‘书生气’。高中之后我去读了大学，平时坐公交车去市区上课，晚上回家住。最开始学的法语，后来转成了初等教育。

“大二那年，我认识了卡尔，我们开始约会。二十岁的时候，我怀孕了。”

路易问：“当时你害怕吗？”

“怀孕本身并没什么可害怕的，但我不知道该怎么办，卡尔还有一年半才能拿到学位。圣诞节的时候，卡尔和我一起回家，他那会儿还住在奥马哈市。饭后我们在客厅一起告诉我父母这件事。我妈开始哭，我爸很生气。‘你应该更懂事的，’他瞪着卡尔说，‘可是你看看你干了什么。’‘他没干什么，’我说，‘事情就是那么发生了。’我爸说：‘事情并不是就那么发生了，都是因为他才发生的。’我对他说：‘爸爸，这是我们两个人的事情。’他说：‘天哪。’

“我们在一月份结了婚，搬进了林肯市内一栋又小又黑的公寓。我在一家百货公司做临时柜员，等着孩子出生。五月的一个晚上，孩子出生了，医生不让卡尔进产房。之后我们带着宝宝回家，日子过得贫穷但幸福。”

“你爸妈没帮你们吗？”

“没怎么帮过。卡尔不想让他们帮忙，我也不太想。”

“所以那个孩子就是你女儿了。我没想到她出生那么早。”

“是的，康妮。”

“我只对她有点儿模糊的印象。我知道她是怎么去世的。”

“嗯。”艾迪往床里挪了挪，“那件事我们以后再说。我要说的是卡尔毕业之后，我们两个都想搬来科罗拉多。我们之前在北边的埃斯蒂斯帕克度过了一个短暂的假期，我很喜欢那里的山。当时我们都想离开林肯市，远离一切，换个地方重新开始。后来卡尔在朗蒙特市找了份卖保险的工作，我们就在那儿住了几年。再后来霍尔特的格兰德先生打算退休，我们就借钱搬到了这儿。卡尔接手他的保险公司和员工。我们就一直住了下来。那是一九七〇年。”

“你是怎么怀孕的？”

“什么意思？还能是怎么怀孕的？”

“我记得那个时候，我们都对这事很小心，也很紧张。”

“但那时我们也都很年轻，卡尔和我正在热恋中。这是老生常谈了。那会儿一切对我们而言都是新鲜刺激的。”

“那肯定。”

艾迪松开路易的手，挪得离他远了一些，在床上平躺着。他转过来，在微弱的光线里看她。

“你为什么要这个样子？”她说，“你怎么了？”

“我不知道。”

“你是问在什么场合吗？”

“可能吧。”

“做爱的场合？”

“我真的有点儿昏了头。我就是突然觉得有些嫉妒，也不知道为什么。”

“夜里在村外一条脏兮兮的小路上，在汽车后座。你满意了吗？”

“你如果能骂我是一个大浑蛋，我会感觉好点儿，”路易说，“我太不会说话了。”

“好。你真是个蠢极了的大浑蛋。”

“谢谢。”

“没事。但你真的有可能会毁掉今晚。还有什么想问的吗？”

“你父母后来释怀了吗？”

“事实上他们都很喜欢卡尔。我妈妈觉得他是个有着深色头发的帅哥，我爸爸认为卡尔是个努力工作的人，而且能照顾好我们。当然他的确做到了。虽然刚开始的七八年我们过得比较拮据，但之后我们就财务自由了。卡尔是个很称职的顶梁柱。”

“然后你们又给女儿生了个弟弟？”

“吉恩。在康妮六岁的时候。”

9

艾迪把车开进邻居露丝家的后巷，走上楼梯到她家后门。露丝已经坐在门廊的椅子上等着了，她今年八十二岁。等艾迪走到她面前的时候，她站起身，扶着艾迪的手臂，一起慢慢地走下楼梯，向车子走去。艾迪扶着她坐进车里，等她把两条枯瘦的腿放好，再帮她系好安全带，关好车门。

她们去了小镇东南高速公路边的杂货店。这是一个悠然的夏日上午，停车场上只有寥寥几辆车。她们结伴走进杂货店。露丝扶着购物车，在货架间慢慢挪步。两个人逛着，看着，打发着时间。露丝没有太多要买的，只拿了些罐头、一条面包和一袋好时巧克力棒。

露丝问："你不买点儿什么吗？"

"不用了，"艾迪说，"前两天刚买过。我买点儿牛奶就好了。"

"我其实不该吃巧克力的，不过无所谓了，我要放开，吃自己想吃的东西。"

露丝拿了些汤罐头和肉罐头放进购物车，接着又拿了几盒速食餐和麦片，一桶牛奶，还有一些草莓酱。

艾迪问："还要别的吗？"

"我觉得差不多了。"

"不买点儿水果吗？"

"不想买新鲜水果，会放坏的。"

于是她们绕到水果罐头货架前。露丝拿了两个糖水蜜桃、几个梨罐头，还有一盒葡萄干燕麦甜饼。到了收银台前，收银员问露丝："乔伊斯夫人，您找到所有您想要买的东西了吗？"

"没找到适合我的好男人。货架上一个也没有。不，是压根儿没有好男人。"

"没找到吗？有时候他们离你比想象得要近。"说着，收银员快速地瞥了一眼站在露丝旁边的艾迪。

"一共多少钱？"露丝问。

女收银员告诉了她价格。

"你衬衫脏了，有个污点。"露丝说，"你不该穿不干净的衣服来上班。"

收银员低头看了看："什么也没有啊。"

"在那儿呢。"

露丝把钱从老旧的软皮包里拿出来，慢慢地数出要付的金额，然后把纸币和硬币整齐地放在柜台上。

结账后，她们回到停车场。艾迪先把买来的东西放在后座，随后坐进车里。露丝直直地望着面前延展的高速公路，小汽车、运粮车、拉牲口的车……正一辆辆呼啸而过。"有时候我真讨厌这个地方。"她说，"真该在年轻的时候离开这里，离开这些小肚鸡肠、心胸狭隘的废物。”

“你在说那个收银员？”

“没错，是她，还有很多。”

“你认识她？”

“她是考克斯家的。她妈妈也这样，自以为什么都知道，嘴也一样贱。我真想扇她个大耳光。”

“所以你知道我和路易的事了。”艾迪说。

“我睡不着，所以起得很早。我通常坐在临街的窗边看太阳从对面的屋顶升起，所以看到路易早上从你那儿回家。”

“我知道会有人看到他。不过没关系。”

“我希望你俩好好相处。”

“他是个好男人。不是吗？”

“我也这么想。但你们才刚刚开始，这事不好说。他对我倒是一直都很好。”露丝说，“帮我打理草坪，冬天的时候还帮我铲雪。从黛安在世的时候就开始了。不过人无完人，他也给了黛安痛苦。我可以告诉你发生了什么，不过黛安可能已经跟你说过了。”

艾迪说：“我想没那个必要了。”

“不管怎么说，那都是好久以前的事了，很多年前了。我想他妻子应该释怀了吧。人们总会放下的。”

10

艾迪说：“跟我说说那个女人。”

“你指的是谁？”

“那个你外遇的女人。”

“你知道那件事？”

“所有人都知道。”

“她已经结婚了，”路易说道，“那时她的名字叫塔玛拉。如果她还在人世，那么应该没有换名字。她的丈夫是护工，在镇上的医院上夜班。那时候一个男人当护工是很少见的事情，大家不知道他是怎么想的。他们有个四岁的小女儿，比荷莉大一岁，是个瘦瘦小小倔强的金发女孩。她爸爸是个金发的大个子。他真是个很好的人。他想要写小说，我猜他可能会夜里值班的时候写些东西。他们很早以前就不和，塔玛拉在俄亥俄州的时候还跟其他人好过。她和我一样教高中，我比她早来两年。”

“她教什么？”

“也是英语，教高一和高二的基础课。”

“你教的是更难的课程？”

“是的，我来得更早。总之那会儿她在家里过得不开心，我和黛安也处得不好。”

“为什么处不好？”

“主要是我的原因。当然，我俩都有问题。我们没法好好讲话。每次吵架或者起争执的时候，她就哭着离开，问题一直解决不了，事情就越变越糟。”

艾迪说：“然后在学校的时候，你们中的一个迈出了第一步，某种暗示。”

“嗯。当我们单独在教师休息室的时候，她把手放在我胳膊上。‘你有没有什么要和我说的？’她问。我说：‘比如什么？’她说：‘比如你想不想喝一杯之类的？’我说：‘我不知道。你想和我出去吗？你会去吗？’那会儿是四月，四月中旬，我在报税。十五日，吃过晚饭，我按时把退税表从邮局寄了出去。开车经过她家时，我看到她坐在餐厅改作业，于是我把车停在街边，走到她家门廊敲了敲门。她穿着浴袍来应门。我问她：‘就你一个人吗？’她说：‘帕梅拉在，不过已经睡了。你怎么不进来呢？’于是我就进屋了。”

“所以你们就是这么开始的？”

“是啊，在报税日。不可思议吧？”

“谁知道呢。这种事怎么开始的都有。”

“你好像挺了解。”

“我知道这些事情是怎么出现在人们生活里的。”

“那说来听听？”

“以后吧。那你后来做了什么？”

“我离开了黛安和荷莉，搬到了她家。她丈夫搬了出去，和朋友住在一起。我们一起处了几周。她是个美丽而又狂野的女人，棕色的眼睛在床上的时候像是某种动物的眼睛一样。她的皮肤很好，像绸缎一样顺滑。身材也很苗条。”

“你还爱着她？”

“没有。但我想我还有些留恋那段有她的记忆。当然，最后的结局并不好。一天晚上，我们两个还有她的女儿在厨房吃晚饭，她丈夫回来了。我们坐在桌前聊天，没有一点儿尴尬，像是既洒脱又世故的成年人，做不成爱人还能做朋友。但后来我实在待不下去了，我受不了自己。看着他和她，还有他们的女儿就那么坐在桌旁，我起身离开了那里，一路开车到了村子里。头顶是漫天星辰，黑夜里农田和院子的灯光显得那么忧伤。看似正常的一切却早已分崩离析，似乎随时要坠入深渊。那天深夜，我回到她家，她正在床上看书。我说，我没法再继续下去了。

“她问我：‘你要走了吗？’我说：‘我必须离开了。这么下去会伤害太多人，而且其实已经在伤害他们了。

我在这儿努力要成为你女儿爸爸的同时，我自己的女儿却没有父亲的陪伴。我必须为了她回去，哪怕这是唯一的理由。’她问：‘你什么时候走？’我说：‘这周末。’她说：‘那就快到床上吧，我们还有两个晚上。’到现在我还记得那两个夜晚的点点滴滴。”

“别说。我不想知道。”

“我不会说的。走的时候，我哭了，她也是。”

“那然后呢？”艾迪问。

“我搬回了家里，回到了黛安和荷莉身边，在楼下睡沙发。黛安一句话都没说，她从来没有对这件事表露出怨恨、厌恶或者刻薄的情绪。她看得出我感觉很糟。我想她也不想失去我，或者失去我们的生活。

“到了夏天，大学时候的老朋友从芝加哥过来，想跟我一起钓鱼。我开车带着他去了格伦伍德斯普林斯上游的怀特河森林公园里，但他有点儿不适应山地，所以不太喜欢那儿。他总觉得开车走小路去一条小溪钓鱼会迷路。当然我们还是抓了些不错的鱼，但这不重要。我们开回了霍尔特，黛安在门口等着我。荷莉正在睡午觉。

我们突然有了感觉，就直接上床了。那可能是我们之间最好的一次，忘情地渴求着彼此。而我的朋友还在楼下等着我们吃晚饭。就是这样。”路易说。

“你再也没见过她？”

“没有。但她后来又回过霍尔特。那个学年结束的时候，她搬去了得克萨斯州，然后在那儿工作。她回到霍尔特时给我打电话，是黛安接的。黛安说：‘有人找你。’我问是谁，她什么也没说，只是把电话递给我。是塔玛拉。她在电话里说：‘我回来了，你要出来吗？’我说：‘不，我不能那么做。’她说：‘你不打算再见我了？’我说：‘是的。’黛安就在外面的厨房里听着，但我不是因为这个才那么说的。我已经下定决心和黛安还有我们的女儿在一起。”

“后来呢？”

“塔玛拉回了得克萨斯州，开始在那儿教书。黛安接受我留下来了。”

“那塔玛拉现在在哪儿？”

“不知道。她和她丈夫最后也没复合，我不愿意去想自己在里面扮演的角色。也许她又回老家了，马萨诸塞州。”

“你再也没和她说过话？”

“没有。”

“我还是觉得你爱着她。”

“真的没有。”

“但听上去像。”

“我没有好好对她。”

“是的。”

“很愧疚。”

“那黛安呢？”

“她后来也没怎么提起过这事。刚开始的时候，她很受伤也很愤怒，常常哭。我想她一定觉得自己被遗弃，并饱受折磨。她有理由这么想。而我女儿也从黛安身上延续了这种对男人，包括对我的看法。她总觉得她必须表现出某种态度，才不会被抛弃。但其实我对塔玛拉的愧疚感超过了对伤害黛安的愧疚感。我一直都想成为一个更好的人，比在这个破旧的小镇做个平庸的高中英语老师更好的人，但我没有做到。”

“我总听人说你是个好老师。镇上的人都这么觉得。你把吉恩教得很好。”

“还算过得去吧，但好老师谈不上。”

11

“你说你记得那件事。”艾迪说。

“记得一些。是在夏天，对吗？”

“八月十七日。那天天气很好，很热。康妮和吉恩在前院玩。康妮拧开水管——水管接在一个老式的喷水头上，可以喷出锥形的水花——这样他们就能跑来跑去玩水了。那时吉恩五岁，康妮十一岁，还能玩到一块儿去。他们穿着泳装，围着喷水头跑来跑去，偶尔还从喷出的水花上跳过去，开心地叫着喊着，康妮有时还会拉住吉恩的手，把他从喷洒的水花上拉过来。我在一旁看着他们玩。吉恩跑过去把喷头拧下来，拿水管滋康妮，追着她满院子跑，他们笑着闹着，我就回到厨房去弄晚饭了。我当时正在熬汤，突然听见刺耳的刹车声和一声可怕的尖叫。我冲出门，一个男人站在车外，吉恩在车前面哭号着。我跑过去，看见康妮穿着泳装躺在路边，血从她的耳朵和嘴里涌出来，额头上裂开一道很深的伤口，她的腿折在身后，摊开的胳膊扭曲地弯着。吉恩一直在哭喊，那是我听到过的最绝望的声音。”

艾迪接着说：“那个开车的男人——现在已经搬走了——一直在说：‘天哪，天哪，天哪，天哪。’”

“别再说了。”路易说，“你不用全说出来。我想起来了。”

“不，我要说。有人叫了救护车，到现在都不知道是谁叫的。救护人员把她放在担架上，我也跟着上了车。吉恩还在哭，我让他进来和我一起。工作人员不同意，但我说，别废话，他必须来，赶快开车。

“康妮的头上有一个大口子，已经肿胀发黑，血一直从她耳朵和嘴里涌出来。我把她的头放在膝盖上，用毛巾帮她擦了血，救护车的鸣笛声一直在响。到了医院，护士说，从这儿进来，往这边走，他们把她从停车场的后门抬进了医院。但我觉得那儿不适合吉恩这么小的孩子去，就找人带他去等候室。接待员带走他的时候，他又开始尖叫，我则进了急诊室。他们把康妮抬到床上的时候，医生也到了。那时她还活着，但已经失去了意识，她闭着眼睛，呼吸困难。医生说她的一条胳膊骨折了，肋骨也断了几根，其他的伤现在还没法确认。我让他们给卡尔的办公室打个电话。

“我一直陪在她身边。过了一阵，卡尔过来把吉恩接回家，我继续陪着她。凌晨四点，她醒了，只有几分钟。她睁开眼睛盯着我，我哭了。她就那么看着我，没有说话。她又喘了几口气，就再也没有动静了。

“她就那么走了。我把她抱在怀里，哭着用力地摇晃她的身体。护士进来了，我让她打电话给卡尔。

“之后的事情就像一团乱麻。我们安排好她下葬的日子，晚上待在殡仪馆。整理好她的遗容后，我们让吉恩进来看她。吉恩没有碰她，他太害怕了。”

“他觉得害怕太正常了。”路易说。

“是啊。他们给她的脸上化了很浓的妆，来遮盖严重的瘀青和额头缝合的伤口。那天，她穿着蓝色的连衣裙。两天后她下葬了，她的遗体就安葬在不远的那个墓地。但有时候我感觉还可以和她说话，和她的精神或者灵魂交流。有一次她跟我说：‘我很好，妈妈你别担心。’我愿意相信这一点，她现在好多了。

“一定是这样的。

“出事以后，卡尔想换个地方住，但我不愿意，我不想离开这里。卡尔说，事故就发生在屋子前面。我说就是因为这是她死去的地方我才不走，我知道她还在这儿。所以我们就留了下来。但或许为了吉恩，我们应该搬走的。

“他一直耿耿于怀。

“我们都不能释怀。是他拿着水管追着康妮跑到街上的，但他还只是个孩子啊。后来你妻子来看过我几次，她真的很贴心。我很感激她能来看我。大部分人都觉得提起这事太不舒服，什么都没和我说过。”

“我那会儿应该和她一起过来的。”

“那就再好不过了。”

“很抱歉当时我什么都没有做。”

“你没有做错什么。”

“但像我说过的那样，有些该做的事我没做到。这就是种罪过。”

“好吧，现在你来了。”

“你身边就是我想停留的地方。”

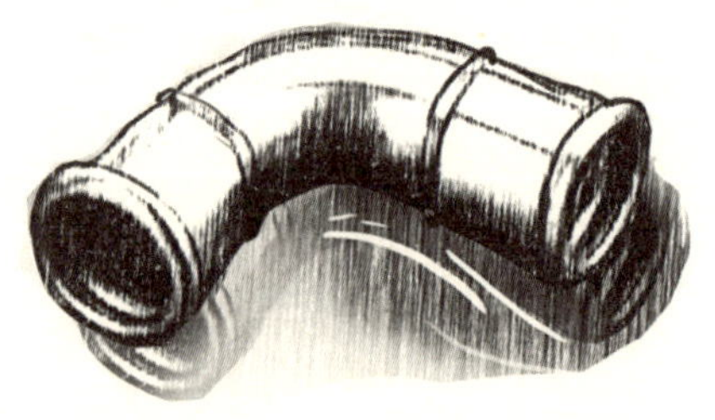

12

“我这几天就先不过来了。”路易说。

“为什么？”

“这不正好赶上纪念日放假，荷莉要过来。我估计她是来找我算账的。”

“算什么账？”

“我觉得她大概是听到了点儿风言风语，想让我收敛点儿。”

“那你是怎么想的？”

“收敛点儿？我只是做自己想做的事情而已，既没伤风败俗，也没有伤害任何人。而且我想这对你也是件好事。”

“的确是。”

“我得听听荷莉想说什么，但这不会改变什么。我不可能为了她而放弃你，就像她不会因为我的意见就不和那些男人交往一样。

“她一直在和那种‘软饭男’交往。她照顾他们一段时间之后就会开始厌倦，又或者他们之间发生了什么事，总之她又会单身一阵，直到找到下一个吃软饭的。她现在在空窗期。”

“等你可以回来的时候，你会打给我吗？”

13

第二天荷莉从科罗拉多斯普林斯镇开车到了霍尔特。路易到门口迎她，亲吻她。他们在后院的野餐椅上吃了晚饭，一起洗碗，之后回到客厅小酌。

“我打算夏天去意大利待几周。”荷莉说，“去佛罗伦萨学版画。”

“听起来不错，去吧。”

“已经买好机票了。之前在学习班，他们就接受我的申请了。”

“真棒。学费搞定了吗？”

“不用了，爸爸。我自己能行。”荷莉看了路易一会儿说，“但我很担心你。”

“是吗？”

“是的。你和艾迪·摩尔是怎么回事？”

“我在享受当下。”

“你有没有想过，如果妈还在世，她会怎么看？”

“我不知道，不过我想她也许会理解。她比很多人想得要更宽容，更善解人意。她在很多事情上都富有智慧，也比很多人要看得透彻。”

“可是爸爸，这样是不对的。我都不知道你是不是真的在乎艾迪·摩尔，甚至谈得上有多了解她。”

“你说得没错，我是不够了解她。但正因为这样我们才相处得很愉快。在这个年纪仍然能和一个人谈得来，喜欢上她，这让我知道自己没那么老。”

“但是挺丢人的。”

“谁丢人了？反正我不觉得。”

“大家都知道你们的事。”

“他们是知道，但我一点儿也不在乎。谁告诉你的？肯定是镇上哪个你多管闲事的朋友吧。”

“琳达·罗杰斯告诉我的。”

“像是她的风格。”

“她觉得我应该知道。”

“那么现在你已经知道了。你想让我结束，是不是？能有什么好处呢？大家还是知道我们在一起过。”

“但是不一样啊，至少没有天天当着大家的面。”

“你太在意别人的看法了。”

“总得有人在乎。”

“我不在乎。我已经学会了这点。”

“跟她学的？”

“是的，跟她学的。”

“我以前倒没看出来她这么新潮或者随便。”

“这不是随便。这种话太肤浅了。”

“那这算什么？”

“决定要自由地活着。哪怕是我们这个年纪。”

“别跟个中学生似的。”

“我上中学的时候从来不这样。我那会儿什么都不敢想，只会按照别人的期望做事。我得说，你也一样。我希望你能找到一个自力更生的男人，能和你一起去意大利，能陪着你在周六的早上醒来，带着你去爬山，然后一起冒着雪回家，还能一起做很多类似的事情。”

“你这么说话的时候真烦人，爸爸。别管我了，我会过好自己的生活。”

“我们都过好自己的生活。所以咱们握手言和吧？”

“我还是觉得你应该好好想想。”

“我想过了，这就是我想要的。”

“见鬼，老爸。”

隔天有个电话找荷莉。她接完电话后跟路易说：“是朱莉·纽科穆。跟琳达·罗杰斯一样，她说要告诉我关于你的事。我说：‘我都知道了，谢谢你能打来。前两天我在外面吃饭的时候还想起你呢，正好点了羊肉，我就在想你老公是不是还在和羊乱搞。’她说：‘去你妈的，贱人，我是为了你好。’然后她就把电话挂了。”

“看来你接受得还挺快。”

“我本来就受不了她，但这事还是让我很尴尬。”

“好吧，亲爱的，那就是你的问题了，不是我的。我告诉过你了，我不觉得有什么难为情的，艾迪·摩尔也是。”

14

“到后来，我逐渐能欣赏黛安的某些品质了。”路易说，“她是个很好的人，内心坚定，从不为别人而活。我们结婚的头几年很穷，但她从没想过去找份工作。她有自己的主意，想要自己决定自己的生活。可我不知道这样是不是能让她开心。现在人们常说人生就像一段旅程，她应该一直在路上吧。她在这儿有一些闺密，那个时候女性正在争取自己的权利，她们也不例外。她们轮流在家里聚会，聊聊各自的生活，对生活的想法。我想她一定谈起过我们。当然我们俩之间还有一些其他的问题。对我而言最没劲的大概就是当我晚上在照顾荷莉的时候，她妈妈却在别人家里跟朋友抱怨我。听上去有点儿讽刺。之后我就跟塔玛拉在一起了。”

艾迪说：“我记得你说过，她原谅了你的出轨。”

“我想她应该是原谅了我。那时她想让我回到她身边。但她们肯定也聊起过这事，我能看得出来她朋友对我态度的变化。黛安很爱荷莉，从她一出生就是。她们两个很亲密。黛安在荷莉很小的时候就跟她讲心里话。我觉得这样不对，不应该什么都和她说。不过她还是那样做了。所以荷莉和她关系特别好。”

“你还没讲过你们是怎么在一起的。”

“对哦。我们认识的过程其实和你跟卡尔差不多，在柯林斯堡上大学时认识，毕业后我们就结婚了。黛安那会儿年轻又漂亮。然而我们对怎么建立两个人的家庭的事情一窍不通。她从小到大没烧过饭，也不太会做家务，都是她妈妈在操持这些。我则在霍尔特长大。”

“嗯，这个我知道。”

“毕业之后的几年，我都在弗兰特岭的一所很小的学校教书。后来这儿的一所高中有职位空缺，雇了我，我们就回到这里，一直住到现在。算算已经四十七年啦。后来我们有了荷莉，就像我说过的那样，即使荷莉开始上学了，黛安也没有出去工作。”

“我也没有过什么正经八百的工作。”

“可你毕竟出来工作了。”

“但不像你那样有一份稳定的事业。我在卡尔的办公室当了一年左右的秘书和接待员，因为整天在一起，所以我们经常互相看不顺眼，晚上回家更闹心。两个人在一起的时间太长。后来我去银行工作了一阵，又在市政办公室做了很长时间的行政人员。你应该知道这一段。那是我最久的一份工作。那里让我大开眼界，知道了人们的种种困难与挣扎。正是这些故事让工作不至于烦琐无聊。”

“嗯，反正黛安保持着我行我素。”路易说，“一辈子都是。我现在倒是能欣赏她这一点了。但以前不理解，二十来岁刚结婚的那会儿什么都不懂，相处全凭本能，还遵循着自己的那一套模式，太自我。”

15

六月的某个晚上，路易说：“我今天有了个想法，你想听听吗？”

艾迪说：“当然。”

“嗯，我跟你说过多兰·贝克在面包房说咱俩的事吧，还有荷莉的高中同学给她打电话也说起过咱们。”

“没错，我也告诉过你我和露丝去杂货店时那个收银员说过的话，还有露丝跟我说的那些。”

“所以我就有了这么个想法。既然事已至此，那咱们干脆就公开吧。我们挑个白天去市区，在霍尔特咖啡厅吃顿午餐，再从主街散步回来，慢慢打发时间。”

“你打算什么时候去？”

“这周六中午吧，那是咖啡厅人最多的时候。”

“没问题，我会做好准备的。”

“我到时候给你打电话。”

“我可能会打扮得花枝招展的。”

“就是这个意思，”路易说，“我可能穿件红衬衫。”

周六中午，路易提早来接艾迪。她穿了件黄色露背裙，他穿了件红绿相间的西式短袖衬衫。他们从希达街穿到主街，沿着人行道走了四个街区，经过了马路边上许多门面老旧的商店、银行、鞋店、珠宝店和百货商店。正午的艳阳下，他们站在第二大街和主街的街角，等待信号灯变绿，迎视每个遇到的人与他们问好、点头致意。艾迪挽着路易的胳膊走到霍尔特咖啡厅。路易帮她拉开门，跟着她一起走了进去。在他们等着安排座位的时候，店里的人都在看着他们。大概一半的顾客，他们都打过交道。

女侍者走过来，问道：“两个人吗？”

“是的，”路易说，“我们想坐在店外正中间的桌子。”

他们跟着女侍者走到桌前，路易帮艾迪拉出椅子。他没有坐到艾迪的对面，而是挨着她坐了下来。点完餐后，路易环顾着四周，握住了艾迪放在桌上的手。一会儿，食物送了上来，他们开始用餐。

“目前看起来也没有怎么样嘛。”路易说。

“是的。人们在公众场合还是会保持礼貌的，没人想要惹事。而且我觉得我们有点儿小题大做了，毕竟大家有太多比咱俩更需要操心的事情。”

就在他们快吃完的时候，三位女士逐一来到桌前向他们两个问好，然后离开了咖啡厅。

走在最后的那个女人说：“我听说了你们的事。”

“你听到了什么？”艾迪问。

“你们俩正在交往。真希望我也能这样。”

“为什么不呢？”

“我不认识什么人，而且我也不敢这么做。”

“说不定你比自己想象得要勇敢。”

“不。我不行，至少不是在现在这个年纪。”

他们慢慢地用餐，饭后又点了甜品，享受着午后的悠闲时光。结过账后，他们起身离开走回主街，走主街的另外一边回家。路边的店铺都把门开着透气，店里的人从敞开的门里看着两个人悠然地走过。又过了三个街区，他们回到了希达街。

艾迪问：“进来坐会儿吗？”

“现在不了，但我晚上会过来。”路易说。

16

艾迪·摩尔有个马上就要六岁的小孙子叫杰米。刚入夏的时候，杰米父母的关系更糟糕了。他们在厨房、卧室到处吵，她哭着，他吼着，互相指责谩骂。最终，他们决定暂时分居一段时间，杰米的母亲去加州找她的朋友，把他留给了吉恩。吉恩给艾迪打电话，告诉了她事情的结果：他的妻子辞掉了理发师的工作，离开家去了西海岸。

“怎么回事？”艾迪问，“因为什么？”

“我们没法相处，什么事都没法达成一致。”

“她什么时候走的？”

“两天前。我不知道该怎么办了。”

“那杰米怎么办？”

“这就是我打来的原因。他能不能过来跟你住一阵？”

“贝弗莉什么时候回来？”

“我觉得她不会回来了。”

“她不会就这么离开儿子吧？”

“我不知道，妈，我不知道她要做什么。还有件事我没告诉你，我干到这个月底就不做了。我打算把店关了。”

“为什么？你的生意怎么了？”

“现在经济形势不好，妈，不是我的问题。现在没人想买新家具了。我需要你。”

“那你想什么时候把他送过来？”

“这周末吧。这两天，我先带着他。”

“好吧。但你要知道这对一个小孩来说得多难受。”

“我知道，但又能怎么样呢？”

那天晚上，路易来到艾迪家的时候，她告诉了他这个新情况。

“那咱俩该结束了吧。”他说。

“我可没这么想，”艾迪说，“等杰米到这儿一两天之后，你白天过来见见他，然后再晚上过来。至少我们先看下这样能不能行得通。不管怎样，我都需要你的帮助来照顾他。如果你愿意的话。”

“我已经好久没带过小孩了。”路易说。

“我也是。”

“他父母怎么了？遇到了什么问题？”

“吉恩的控制欲和保护欲都太强，而贝弗莉受够了这一点。她讨厌被束缚，想自己做事。他们这样已经很久了。当然，吉恩不是这么跟我说的。”

“我觉得这跟他姐姐的去世是有关系的。”

“我想也是。我不知道贝弗莉的情况，我一直都跟她不是很亲近，她应该也不愿意跟我走太近。还有就是吉恩要把家具店关了。他之前一直在卖原木家具，人们可以低价买走，回去自己上漆。我从来没觉得这是个好点子。今天早上，他告诉我他可能要破产了。在他找到下一份工作之前，我得帮他一把。以前我这么帮过他，这次也不例外。”

“他想做什么呢？”

“他一直做的都是销售类的工作。”

“凭我对他的印象，我觉得销售并不适合他。”

“是啊，他不是做销售的料。我觉得他也意识到了，但他不会这么说。”

“说不定这是一次转变的机会。打破陈规，跟现在的你一样。”

“可他不会。他已经把自己的生活锁死了。他讨厌求人帮忙，脾气又差，尤其是在这种时候更容易发脾气。他从来没学会怎么和人正常地交流，而且他讨厌老让我帮忙。”

周六一早，吉恩把杰米送到艾迪家一起吃午饭。饭后，他把杰米的手提箱和玩具送进屋里，抱了抱他。吉恩离开屋子回到车里的时候，杰米哭着找爸爸。艾迪用胳膊搂住他的肩膀不让他挣脱，任他在怀里哭泣。吉恩走了之后，她一边安慰杰米一边领着他回到屋子里，带着他一起做杯子蛋糕转移注意力，教他搅拌面糊，然后他们一起把面糊倒进纸杯，放到烤箱里烘焙。烤好之后，他们在蛋糕上面撒上了糖霜。小男孩吃了一个蛋糕，喝了一杯牛奶。

“我想拿几个蛋糕送给一个邻居。你愿意帮我挑两个吗？然后我们一起去他那儿。”

“他住哪儿？”

“过个十字路口就到了。”

“我该给他挑哪个呢？”

“你说哪个就哪个。”

杰米挑了两个糖霜最少的蛋糕，艾迪把它们放进塑料盒里装好，然后一起走到下一个街区，敲了敲路易家的门。

路易打开门的时候，艾迪介绍说：“这是我的孙子——杰米·摩尔。我们给你带了点儿东西。”

“进来坐会儿吗？”

“好，就一会儿。”

他们坐在门廊上，看着外面的街道。对面的房子一片静寂，路边的树伫立着，偶尔有一两辆车从门前经过。路易问了问杰米学校的事情，但他不太想说话。过了一会儿，艾迪就带着杰米回家了。

艾迪做了晚饭，杰米在一旁玩着手机。饭后，她把杰米领到楼上的卧室，对他说：“这是你爸爸小时候的卧室。”然后帮他换好睡衣，他自己进了浴室刷牙。回来后，他躺在床上，艾迪读睡前故事哄他，关了灯，亲亲他的脸颊说，“我的卧室就在走廊那边，你需要什么就来找我。”

“能把灯开着吗？”

“我把床头灯开着。”

“奶奶，把门也开着。”

“没事的，宝贝儿，我就在这儿。”

她回到自己的卧室，换上了睡裙，不放心又回来看看杰米。他还睁着眼睛，盯着门口。

“你还好吗？”

他没说话，低头玩手机。

“我觉得你应该把手机放下，该睡觉了。”

“就玩一会儿。”

“不，我希望你能现在就把它放下。”她走到杰米床边，把手机拿走，放在梳妆台上，“现在睡吧，亲爱的，闭上眼睛。”她坐在床边，抚摩着他的额头和面颊。她坐了很久，直到他睡着。

夜里杰米进了艾迪的房间，把她吵醒了。他哭了，艾迪搂过他，让他睡在自己身边，他才又睡去，直到清晨艾迪起床，他还睡得很踏实。

她亲吻了他说：“我去下洗手间，一会儿就回来。”当她从洗手间出来的时候，发现杰米站在门口的走廊上。艾迪说，“亲爱的，别怕，我哪儿也不去，就在你身边，不会离开你的。”

17

第二天晚上和第一天晚上差不多。他们一起吃晚餐，饭后，艾迪拿出一副扑克牌，在厨房的餐桌上教他怎么玩。玩了一会儿，他们一起上楼，杰米准备睡觉。艾迪坐在床边拿走他的手机，给他读了一小时的故事。她亲吻他并道了晚安，开着灯，敞着卧室门，然后回到了自己屋里看书。中间起来看过一次杰米，发现他已经睡着了，手机放在床头柜上。夜里，他像昨天那样哭着进了她漆黑的卧室，她让他躺过来。第二天早上她醒来时，他还睡着。

他们在楼下吃了早饭，艾迪带着杰米在院子里散步，教他认识花、树和灌木，又带着他去了自己停车的车库，给他看了卡尔的维修台，以及挂在上面的各种工具。杰米对这些都兴味索然。

不久后，路易来了。“我想让你和你奶奶一起来我家，”他说，“我给你看点儿东西。”

到了路易家的后院，他们看到一窝刚出生的小老鼠。这是路易清晨在工具房的角落发现的。这些粉嫩的老鼠幼崽还没有睁开眼睛，它们蠕动着，翻拱着，发出微弱的叫声。杰米有点儿害怕它们。

“它们不会伤害你的，”路易说，“它们还是小宝宝，谁也伤害不了。它们还需要哺育，鼠妈妈还没有给它们断奶。你知道什么叫断奶吗？”

“不知道。”

“断奶的意思就是鼠妈妈不再给小老鼠们喂奶了，它们要学会吃其他的东西。”

“吃什么呢？”

“种子，或者鼠妈妈带回来的其他食物。我们可以每天观察它们，然后看看它们是怎么长大的。现在我们最好把盖子盖回去，这样它们就不会觉得冷或者被吓到了。今天先到这儿，别把它们吓到。”

他们从工具房出来，艾迪对路易说：“你今天还需要人帮你打理花园吗？”

“有人帮忙当然好啦。”

“说不定杰米能帮你。”

“好，那让我们听听杰米的意见。你能帮我吗？”

“做什么呢？”

“除草和浇水。”

“奶奶，我可以和路易一起吗？”

“当然。等你跟路易把花园打理好了，他会带你回家，然后我们一起吃午饭。”

杰米以前从来没有拔过草。路易不得不告诉他哪些是需要留下的花草，哪些是需要除去的野草。

他们一起除草，但是杰米玩了一会儿就没兴趣了。

于是路易又拿起水管，把喷嘴开到最小，给杰米示范怎么浇水。比如，给胡萝卜、甜菜和水萝卜浇水的时候要沿着根部，又不能把根部的覆土冲开。杰米明显更喜欢这个。之后他们关上了水管，回到了艾迪的房子。他们在一层的洗手间清洗了一番。艾迪已经准备好午餐等他们了。他们一起吃了三明治、炸薯片，还喝了柠檬水。

“我现在能玩手机吗？”

“可以。玩一会儿我们就去睡午觉。”

男孩上楼回了自己的房间，抓着手机躺在床上。

路易说：“我想今晚还是别过来了。”

“今晚就算了吧。也许明天。今天上午过得还不错，你觉得呢？”

“对我来说还不错。但是我不知道杰米心里怎么想，离开家对他而言不容易。”

“嗯，看看明天怎么样吧。”

晚上，杰米在床上躺着睡不着，就爬起来给他在加州的妈妈打电话。她没有接。他留了条语音信息：“妈妈，你在哪儿？你什么时候才能回来？我在奶奶家。我想和你在一起。打给我吧，妈妈。”

他挂了电话，又打给爸爸。吉恩在杰米开始留言的时候接了电话。

“杰米，是你吗？”

“爸爸，你什么时候来接我？”

“为什么这么问？怎么了？”

“我想跟你在一起。”

“你要在奶奶家待一阵，我每天都要出门，不能在家陪着你。咱们说过这个的。”

“我想回家。”

“现在还不行，再等等，开学的时候。”

“那太久了。”

“你在那边会适应的。有没有什么好玩的事情？今天过得怎么样？”

“没有。”

“什么也没做吗？”

“我们看了老鼠宝宝。”

“在哪儿？”

“在路易那儿。”

“路易·沃特斯？你去他家了？”

“嗯，在他的工具房，都是老鼠宝宝，还没有睁开眼睛。”

“别碰它们。”

“我没碰。”

“你和奶奶一起去的？”

“嗯。然后我们吃了午饭。”

“听起来挺好的啊。”

“但我想跟你在一起。”

“我知道，你不会等太久的。”

“妈妈不接我电话。”

“你打给她了？”

“嗯。”

“什么时候？”

“刚刚。”

“太晚了，她可能已经睡着了。”

“但你接了。”

“我本来也睡着了，听见铃声才醒的。”

“可能妈妈跟别人出去了。”

“没准儿吧。现在你乖乖地把手机放下，然后去睡觉。我回头再打给你。”

“明天就打。”

“好的，明天。晚安。”

杰米挂掉电话，把手机放回梳妆台上艾迪原先放着的位置。但是后半夜，他又醒了，害怕得哭了起来，然后去了艾迪的卧室。

18

吃过早饭后，杰米自己去了路易的房前，敲了敲门。

“又见到你啦，”路易说，“你奶奶呢？”

“她说我可以自己来找你，还有，她叫你一起过来吃午饭。”

“好的。今天想做点儿什么呢？”

“我能看看那些小老鼠吗？”

“那让我先把盘子放下，然后戴上帽子。你也需要一顶帽子，今天外面太晒了，需要遮着点儿。你有没有带帽子过来？”

“落在家里了。”

“那我最好给你找一顶。”

他们走出屋子，来到后院的工具房。路易抬起盖子，鼠妈妈跳了出去，剩下粉红的幼崽们蜷缩在一起，发出稚嫩的呜咽声。男孩弯下身子，凑近一些观察它们。

“我能碰一下它们吗？”

“还不行，它们太小了，再过一周左右吧。”

他们看了一会儿老鼠。有一只幼崽爬到了盒子的边缘，抬起了脸。它还没有睁开眼睛。

“它在干吗？”

“我也不知道。可能在闻味儿吧。它现在还什么都看不见。好了，我们最好还是赶紧把盖子盖上。”

“我明天能来看它们吗？”

“当然可以，不过要和我一起。”

他们又一起给花园除草，给甜菜和西红柿浇水。中午他们回艾迪家吃午饭。饭后，杰米上楼去玩手机，艾迪对路易说："我觉得今晚你可以过来。"

"不会有些太快吗？"

"不会，他喜欢你。"

"他可没说。"

"但我能感觉他在观察你。他想得到你的肯定。"

"我只是觉得现在对他来说太难了。"

"的确。但你在帮助他走出来。谢谢你。"

"能帮上忙，我也很开心。"

"今晚你会来吗？"

"那就试试吧。"

到了晚上的时候，路易来到了艾迪家，她在门口等他。

"他在楼上呢，"她说，"我说了你会来。"

"他听了什么反应？"

"他想知道你什么时候来，还有你为什么会来。"

路易笑了起来："我真想听听你是怎么说的。"

"我说你是我的好朋友，我们有时候晚上会在一起，躺着说说话。”

“好吧，这倒是实话。”路易说。

路易在厨房喝啤酒，艾迪也一如既往地喝了一杯红酒，然后他们一起上楼，去杰米的房间。他正在玩手机。艾迪拿过手机放回梳妆台，给他念睡前故事。路易坐在床边的椅子上静静地听着。杰米睡着后，他们开着床头灯，离开他的房间，回到艾迪的卧室。路易在浴室换了衣服，回到床上。他们聊着天，挽着手入睡。深夜，男孩尖叫着，他们赶紧冲进他的房间。杰米大汗淋漓，眼神惊惶，哭泣不止。

“宝贝，怎么了？做噩梦了吗？”

杰米一直在哭，于是路易抱起他来到了艾迪的卧室，把他轻轻地放在大床的中间。

“没事的，小家伙。”他说，“我们两个都在这儿，你可以和我们一起睡。我们就在你身边。”他看向艾迪，“我们三个是个小团体，你在中间。”

他躺在杰米旁边，艾迪走出卧室。

“奶奶去哪儿？”

“她只是去下洗手间，一会儿就回来。”

艾迪回了卧室，躺在杰米的另一边，对他说：“我想把灯关上，但你不要害怕，我们两个都会在你身边。”

黑暗中，路易拿起杰米的手握住，三个人躺在一起。

“熟悉的夜晚，”路易说，“舒适又美好，一切无须担心，一切无须害怕……”路易轻缓地唱起了《和迪娜在厨房》，还有《山谷下》。他有一副男高音的好嗓子，男孩很快放松了下来，睡着了。

艾迪说：“以前从来没听过你唱歌。”

“我以前会给荷莉唱。”

“但你从没给我唱过。”

“我可不想把你吓跑，或者让你把我赶走。”

“你多虑了，”艾迪说，“你唱得很好。”

“今晚咱们只能这样分开睡啦。”

“我会用意念过去陪你的。”

“那你可别想得太猛烈了，我还想踏踏实实睡觉呢。”

“那可不好说。”

19

一个夏夜，路易开车载着艾迪、杰米和露丝去高速路边的沙特克咖啡屋吃汉堡。露丝坐在副驾上，艾迪和杰米坐在后座。年轻的女服务员帮他们下单，过了一会儿把饮料、汉堡和纸巾从车窗递给他们，这样他们就可以在车里用餐了。高速公路就在他们后面，没什么好看的;停车场对面只能看到一栋小灰房子的后院。他们吃完后，路易说：“我们去买几杯雪顶根啤汽水带上吧。”

“你要带我去哪儿？”露丝问。

“我觉得我们应该去看场垒球[1]。”

“哦，我得有三十年没看过了。”露丝说。

“那正是时候。”路易说。他点了四份雪顶根啤汽水，然后开车到了高中外的球场，把车停在球场围栏外高耸的球场灯下，车头冲着本垒的方向。

“我和杰米上露天看台看一阵。”

“那我去前面和露丝一起，”艾迪说，“一会儿找你们看比赛。”

路易和杰米拿着饮料从其他车子前面绕过去，沿着铁丝网围栏翻进本垒后面的看台。观众们与路易和杰米打招呼，问起这个小男孩是谁。“这是艾迪·摩尔的孙子，我们正在相互了解对方。”说着，他们坐在一群高中男生后面。穿着红T恤、白短裤的姑娘们正和邻镇的球队

1 垒球的前身是棒球，诞生于十九世纪八十年代的美国芝加哥，受恶劣天气和城市布局影响，棒球运动转移到室内，就形成了垒球运动。其技术难度、运动剧烈程度低于棒球，后成为女子项目。

比赛。明亮灯光下、翠绿草坪上的她们看上去特别美，手臂和腿是健康的小麦色。主队目前领先四分。杰米似乎对垒球一无所知，于是路易尽可能地以他能接受的方式做了讲解。

“你从没打过球吗？”路易问。

“没有。”

“你有手套吗？”

“我不确定。”

“那你知道什么是垒球手套吗？”

“不知道。”

“你看到那边姑娘们戴着的手套了吗？那个就是垒球手套。”

过了一会儿，主队的姑娘们又赢了三分，看台上的人们都在欢呼，路易喊了一个姑娘的名字，她看向看台，向他招了招手。

“她是谁？”

“是我以前的一个学生——迪·罗伯茨，很聪明的女孩。”

场外，车里的艾迪和露丝摇下车窗。艾迪说：“你最近要去杂货店吗？”

“不，我没什么要买的。”

“如果有什么需要的就告诉我。”

“一直都是呢。”

“我怕你不肯说。”

“我只是吃不了那么多。反正也没觉得饿，无所谓。”

她们看着不远处的比赛。主队每得一分，艾迪就按一次喇叭。

“我知道路易还去你那儿，”露丝说，“我早上看见他回家了。”

“我们觉得即使杰米在，见面也没什么问题。”

“嗯。只要处理得当，孩子总能接受和适应任何事。”

“我们没觉得这会伤害他。我们什么也没做，如果你指的是那个的话。”

“不，我没想说那个。”

“不过我们本来也没做过。至少现在还没。”

“那你们最好抓紧。像我这么老就做不动了。”

路易和杰米从围栏翻下来，把杯子扔进垃圾桶，回到车里。艾迪坐回后座，他们又开回希达街。路易扶着露丝从正门的楼梯回家。安置好一切后，他回到艾迪的房子。杰米已经在艾迪的床中央睡着了。

“谢谢你今晚的安排。”艾迪说。

“你知道他从来都没玩过抛接球吗？”

“不知道。不过他爸爸体育一直都不好。”

“我觉得每个男孩都应该练练抛接球。”

“我累了，”艾迪说，“我要上床了。你可以关上灯躺下来和我说话。今晚太尽兴，我都筋疲力尽了。”

20

第二天，路易带杰米去了主街的五金店，给他买了一副皮手套，又给自己和艾迪各买了一副，还买了三个硬橡胶球和一根小球棒。路易看着在柜台展架上的帽子，问杰米喜欢哪顶，杰米指了一顶紫黑相间的。登记处矮小驼背的店员帮他调好帽子的大小。男孩把帽子戴在头上，一脸严肃地抬起头看向他们。

“看起来不错。”路易说。

“这帽子能防晒。”小个子男人说道。他叫鲁迪，路易认识他好多年了。他还在工作是一个奇迹，还活着是另一个奇迹。店里另一个经理是一个叫鲍勃的高个子男人，几年前就已经去世了。而这家店的老板娘在母亲去世后回到了丹佛。

他们回到路易家。路易给杰米演示戴着手套应该以怎样的角度才能抓到球。他们在艾迪和露丝两家之间阴凉的地方玩抛接球。杰米一开始总接不好，练了一会儿开始有些起色，想试试用球棒击球。在他终于打中一个球的时候，路易毫无保留地夸奖他。杰米干劲儿十足，进步了很多。

艾迪从房子里走出来看了一会儿，问：“你们能休息会儿吗？午饭做好了。你们买了什么？一副棒球手套？”

“还有顶新帽子。”

“我看到了。你谢谢路易了吗？”

“没有。”

“那你最好还是要谢谢他一下，你觉得呢？”

“谢谢你，路易。”

“不客气。”

“我们给你也买了一副手套。”杰米说。

“天哪，我不会玩儿。”

“你一定要学，奶奶。我已经学会了。”

那个晚上，等杰米在他们俩中间睡着后，路易说：“他需要一条狗。”

“怎么想起来这个了？”

“除了他的手机和两个颤颤巍巍的老家伙外，他更需要一个玩伴。”

“真是谢谢你为他考虑这么多。”艾迪说。

“我是认真的，他需要一条狗。我们明天早上去菲利普斯的动物收容所看看好不好？”

“我不想在这儿养小狗，没精力照顾它。”

“不是小狗，是成年犬，已经受过训练的。个头不要太大，有些年纪的就成。”

“我不知道，这可能又是个麻烦。”

“那把它养在我家吧，杰米可以来我那儿和它一起玩。”

“你想要一条狗天天跟着你吗？这可不像你。”

“我不介意。好久没养过狗了。”

“那你决定吧。我反正不想。”

吃过早餐之后，他们沿着狭窄的柏油州道，向北驶出霍尔特。路上他们经过一片片灌溉的玉米田和旱小麦田，然后转向西边的红柳郡，经过邻郡的学校，又向北沿着普拉特河谷一直开，最后到了菲利普斯镇。动物收容所就在小镇的边上。他们告诉前台的工作人员想要一条成年犬。“我们这儿最多的就是成犬，”前台说，“有什么特定的要求吗？”

“没有。只要不太闹，不要老叫就可以。”

“你们是想要一条能和这个小男孩一起玩的狗？那好，我们来看看哪条比较合适。”

她艰难地起身，穿过办公室。在他们进入犬舍的一瞬间，所有笼子里和围栏里的狗都疯狂地叫起来，根本听不见身边的人说什么。等他们都走进来后，她关上身后的大门。走道在中间，笼子在两边，每个笼子里都关着一两条狗。笼子下面是水泥地，里面放着水盆，垫着小块地毯。整个屋子里有种难闻的味道。

“你们自己看吧。如果想带哪条来外面试试的话，可以告诉我。”

“我们能把它们带出来吗？”

“可以，不过需要给它拴好了，门后挂着绳子。”

她离开了犬舍。他们慢慢地走着，观察着每一个笼子和围栏里的狗。这里各种品种和毛色的狗都有。杰米有些害怕狗的叫声，一直贴着路易。他们转了一圈回来，又看了一遍。

“有没有你喜欢的？”

“我不知道。”

“这条怎么样？”艾迪说。那是一条黑白相间的边境牧羊犬，右前爪似乎裹着绷带或者塑料管之类的东西。“她看起来不错。”艾迪说。

“她脚上是什么？”杰米问。

“我不知道，可以去问问。看起来像是保护她的某种东西。”

路易把手指伸进铁网，那条狗抬起鼻子闻了闻他的手指，舔了舔。“我们把她带出来吧。”他打开笼子走了进去，把牵引绳挂在她的项圈上，又锁好笼子，防止其他狗跑出来。他很轻松地就把她牵出来，之后又回到办公室。

“你们找到了？”前台的女人说道。

“也许吧，”路易说，“我们想带她到外面，看看她离开其他狗时的样子。”

“好，但你们只能在停车场遛她。”

他们走出办公室，穿过停在一边的车辆，来到了停车场边的草地上。一到草地，她就马上蹲下来小便了。“她真棒，”路易说，“一直等我们带她走到草地才方便。你想带她走走吗，杰米？”

“我们先来摸摸她。”艾迪说。

他们一起弯下腰，而她则乖乖地蹲坐着。杰米轻轻拍拍她的头，她抬起眼睛看着他。

“你想现在试试吗？我跟着你。”

“她这么走可以吗？她的脚怎么办？”

“我们待会儿去问下工作人员。她走路的时候有点儿瘸，不过似乎走起来并不疼。”

杰米接过绳索，她起身，跟在他后面。路易、杰米和狗绕着车走了一圈，路易问：“想不想自己带着她走走？”于是杰米和狗又走了一圈。能看得出杰米很喜欢她。他们回到办公室，那条狗瘸着走进来，保护着受伤的右爪。工作人员告诉他们，冬天的时候有人把她在水泥地上拴了一晚，把脚冻坏了，兽医不得不把脚趾截了。她现在脚上戴着一个用尼龙搭扣系着的塑料管，在屋里可以把它摘下来，出门的时候戴上。那个女人给他们演示了怎么操作。

“她几岁了？”路易问。

“估计有五岁吧。”

“我们想带走她试试，如果不行的话再把她送回来。”

“没问题，不过我们希望领养人能耐心一些，不要太早就放弃。”

“我们会的。我只是想知道万不得已的时候能不能把她送回来。”

“可以的。”

路易交了钱，收好她的领养文件和疫苗接种记录。他们一起回到了车里。杰米坐在后面，路易把狗放在他身边。他们离开小镇，走州道回家。过了一会儿，狗趴下来把头枕在杰米的腿上，闭上眼睛，杰米轻轻地拍着她。艾迪示意路易往后看。他调整了下后视镜，看到男孩和狗都睡着了。

到了霍尔特，路易先把艾迪送到家，然后带着杰米来到自己的房子，帮着杰米给狗在厨房搭了个窝。

路易问：“你想带她在屋子里转转吗？”

“我自己都没去过其他的房间呢。”杰米对他说。

“是呢。”路易带着他们在楼下走了一圈，上楼的时候，狗慢慢地走在他们的前面，抬起受伤的爪子，用三条腿爬上台阶。看过之后，他们又回到厨房。

路易说：“我们去看看你奶奶有没有给咱们做午饭。”

“那她呢？”

“我想还是让她跟我们一起吧。她才来，不要让她独自待着。”

男孩握着牵引绳，过了街，从后巷穿到艾迪家，敲门进去。

在厨房，艾迪说：“你有没有想好名字？她得有个名字。收容所的那个女人叫她什么？”

“蒂皮。”路易说，“但我不太喜欢这个名字。”

“邦妮怎么样？”杰米说。

“你怎么想到的这个名字？”

“是班里一个女生的名字。”

“你喜欢她？”

“有点儿吧。”

“好，那就叫邦妮啦。”

“我觉得还挺适合她的。”艾迪说。

晚上，杰米和路易让狗待在厨房的窝里，然后去艾迪那里吃晚饭。饭后，他们一起回来看她，隔着老远就能听到她在呜咽。

“为什么不现在就把她带到我那儿去呢？”艾迪说，“我可不想露丝和其他邻居忍受这种折磨。”

“那之后呢？”

“再说呗。”

他们把狗带到了艾迪家。艾迪给邦妮找了条旧毯子铺着，她窝在上面，挨个儿打量着他们。男孩上楼去玩手机，把狗也带了上去。路易和艾迪上楼的时候告诉他狗必须得留在厨房。但当把邦妮牵下楼的时候，她又开始呜咽，最终艾迪说：“好吧，随你了。我知道你想要干吗。”

路易说：“我们也不想听她叫一晚上，是不是？”

“我说不管了。”

路易带着邦妮去艾迪的卧室。杰米看着床下的邦妮，把手伸着轻拍她。

“我有个主意。”路易说，“你和邦妮回自己的卧室怎么样？可以让她陪着你。”

“我不知道。”

“她会和你一起的，你不是一个人。”

当杰米爬上自己床的时候，邦妮马上跟着跳上去。

“这样可以吗？”杰米问。

“先这样试试。除非奶奶说不行。”

“但还是把灯开着吧。”

“会的。”

“门也开着？”

“嗯。好了，你试试能不能睡着。邦妮会在这里陪你。”

之后路易回到了艾迪的床上，掀起被单躺下来。

“跟我说说吧。”她说。

“说什么？”

“你是不是酝酿这事好久了？”

“我要有那么聪明就好了，”路易说，“不过至少现在我们能活动一下，不用担心会碰到他。”

艾迪关上了灯。“你的手呢？”

“在你边上，老位置。”

她拉住他的手。“现在我们又能说话啦。”

“想说点儿什么呢？”

“我想知道你的感受。”

“关于什么？”

“关于在这儿过夜，感觉怎么样？现在的感受？”

“能适应了，”他说，“现在感觉很自然。”

“只是自然？”

“我逗你呢。”

“我知道，跟我说实话。”

“实话就是我喜欢这样。很喜欢。如果当初没有答应你，我一定会很后悔。你呢？”

“我爱这种感觉。比我想象得要好很多。真神奇。我喜欢我们之间的友谊，喜欢一起共度的时光。在夜晚的黑暗里躺着。我们说过的话。还有夜里偶然醒来时听到你的呼吸声。”

“我也喜欢你说的这些。”

“所以再跟我说会儿话吧。”

“想听什么？”

“说点儿关于你自己的事。”

“还没听腻吗？”

“没呢。不想听的时候，我会告诉你的。”

“让我想想。你知道的，邦妮和他一起躺在床上呢。”

“我知道。”

“她会把床弄脏。”

“再洗干净就好了。现在和我说话，说点儿我没听过的。”

21

“我以前想做个诗人，除了黛安估计没人知道这一点，大学时学的文学，也拿到了教师资格证，但就是对诗歌着迷。那时候读过的名作我都喜欢：艾略特、狄兰·托马斯、卡明斯[1]、罗伯特·弗罗斯特、惠特曼、艾米莉·迪

1 爱德华·艾斯特林·卡明斯（Edward Estlin Cummings）（1894.10.14—1962.9.3），美国诗人、画家、剧作家、评论家。因其独特的句法，他的名字通常被出版商缩写为小写的 e. e. cummings。

金森，还有豪斯曼、马修·阿诺德和约翰·多恩的一些诗。再比如莎士比亚的十四行诗，勃朗宁和丁尼生，我还背过其中的一些。”路易说道。

“那你还想得起来那些诗吗？”艾迪问。

路易背诵了《J. 阿尔弗瑞德·普鲁弗洛克的情歌》的开头，《蕨山》里的几句，还背了《而死亡应不能统摄一切》里的几句诗。

“那之后发生了什么呢？”

“你指的是为什么我没继续这个爱好？”

“是啊，你看起来仍然很喜欢诗歌。”

“的确还喜欢，但跟过去那种喜欢不一样了。开始教书后，荷莉也搬了过来，生活变得更忙了。我趁着暑假去给别人刷房子，为了赚钱，至少当时我们需要那笔钱。”

“我记得你刷房子的事，当时还有其他几个老师。”

“黛安那会儿不想工作，我也同意了，毕竟荷莉需要有个人在家陪她。所以我会在晚上写一点儿东西，或者周末写点儿什么。有一些日报和季刊发了我的诗，但大部分投出去的诗都被拒绝了，退回来的时候连句话都没有。但凡从编辑那儿收到些只言片语，我都看作是种鼓励，而且能靠这几句话振奋好几个月。现在看来，那些诗被拒掉一点儿也不奇怪，写的真是糟透了，鹦鹉学舌，过度复杂。我还记得我的一首诗里有一句用了‘鸢尾蓝’这个词组。本来这也没什么，但我把‘鸢尾蓝’这个词给拆了，变成了‘鸢尾蓝里的弋’[1]。”

“那是什么意思？”

“谁知道呢？又有谁会在意呢。我拿给我的大学教授看。他盯着那首诗，然后看了我一会儿，说：‘呃，挺有意思，继续加油吧。’唉，那可真是惨不忍睹的作品啊。”

“但是如果你坚持下来的话，说不定能写得更好。”

“也许吧。不过没有后来了。我就是没有那个才华。而且黛安也不喜欢我写诗。”

“她为什么不喜欢？”

“不知道。可能对她而言诗歌在某种程度上是个威

1　原文为“the i of ris blue”，此处进行了修改。

胁吧。我觉得她嫉妒我对诗歌的那种感受，嫉妒我与诗歌相处的时间。那段时间只属于我，既隔绝又隐秘。”

“她不支持你做这件事？”

“除了照看荷莉，她就没有什么特别想做的事。就像我跟你说过的那样，她和那群女人碰面后，就更不喜欢我写诗了。”

“嗯。我希望你能重新捡起这个爱好。”

“我已经过了那个阶段，现在我有你了，你知道的，这让我充满热情。那你呢？你从来没说过你想做什么。”路易问道。

“我想当老师，当时我在林肯市的大学教书，但怀上康妮后就辞职了。后来上了短期班学习记账，这样可以帮助卡尔。就像之前告诉你的那样，我在他手下兼职接待员，还帮着记账。当吉恩开始上学的时候，我在霍尔特镇办公室做职员，然后在那里工作了很久，太久了。”

“为什么没再回去教书呢？”

“我觉得我从来都没有真正投入过或者热爱过这件事情。教师或者护理，就是女人们通常会做的职业而已。

并不是所有人都能像你那样，找到真正热衷的事。”

“但我也没做下去。我不过是门外汉。”

“可你喜欢在高中教文学啊。”

“是挺喜欢的，但这跟喜欢诗歌不是一回事。我一年只教几周诗歌，而且也不再写诗了。孩子们根本不买账。大部分孩子都对诗歌毫无兴趣，只有很少的几个才会喜欢。以后如果他们回忆起那段时间，会觉得那不过是老沃特斯在喷口水而已，念叨着一百年前的某个人写的诗，关于一个死去的年轻运动员被放在椅子上抬过小镇[1]。他们根本没法联系到自己身上，也想不出自己的生活里会发生这种事。我让他们背一首诗，男孩子们会想尽办法挑最短的来背。当他们站起来背诗的时候，整个人都僵硬了，紧张得要死。我都开始觉得对不起他们了。”

路易接着说道：“我班上有个孩子，他过去十五年的人生都在学习怎么开拖拉机、种小麦、给收割机上油，现在居然有个家伙逼着他当着教室里所有男生和女生的

1 这里指的是 A. E. 豪斯曼 1896 年写的《致弥留之际的年轻运动员》。

面大声背诗。班里所有的同学平时也都在种麦子、开拖拉机、喂猪。而为了通过考试，摆脱这门英语课，现在他不得不背诵‘最可爱的树，樱桃树啊’[1]，而且还真的要大声念出‘最可爱的’这个词。”

艾迪笑了出来：“但这对他们有好处。”

“可能吧，不过我觉得他们不这么看。也许现在他们想起来，也不会觉得那算什么好事。他们不过是对上了那个老头的课，还通过了这件事有种集体自豪感，把这看作是个值得庆祝的仪式。”

“你对自己太苛刻了。”

“的确有过一个漂亮的乡下女孩完美地背下了《普鲁弗洛克》[2]的所有诗句。她本来用不着那么卖力，我只要求他们背短诗就可以，选这首诗，是她自己的决定，能背下来全凭毅力。当我听到她把每句诗都背得那么好的时候，我差点儿流下眼泪。而且她似乎对那首诗的含

1 A. E. 豪斯曼的《最可爱的树，樱桃树》。

2 T. S. 艾略特的《J. 阿尔弗瑞德·普鲁弗洛克的情歌》，全诗 131 行。

义也理解得很好。”

黑暗的卧室外，突然刮起大风。窗户敞着，狂风把窗帘卷得来回抽打窗棂。接着，就下起了雨。

“我最好还是把窗户关上。”路易说。

“别关严。现在的空气闻起来多棒。‘最可爱的’现在。”

“你说得没错。”

他起身，把敞着的窗户拉下来一半，又回到床上。

他们紧挨彼此，听着雨声。

“所以我们的生活都没按照想象的那样过啊。”路易说道。

“但现在感觉很好。此时此刻。”

“这比我想象的生活好上了很多。”

“你不相信你值得拥有幸福吗？”艾迪问他。

“我相信过去的那几个月是幸福的。”

“你还是在怀疑我们之间可以维持多久。”

“一切都在改变。”他又从床上坐起了身。

“你要去哪儿？”

“我要去看看他们。这么大的风和雨可能会吓到他们。”

“你过去倒可能吓着他们呢。”

“我会小心的。”

“嗯，那看完就回来。”

男孩在熟睡。邦妮抬起头，看了路易一眼，继续睡下了。

回到艾迪的卧室，路易把手伸出窗外，接住从屋檐滴下的雨。他躺回床上，用湿着的手轻轻抚上艾迪柔软的面颊。

22

再去看工具房的老鼠时，它们已经长大了一些，长出深色的毛，眼睛也睁开了。当路易抬起盖子时，它们在盒子里四处乱窜。鼠妈妈不在窝里。他们看着眼睛明亮的老鼠彼此叠靠着，嗅着，想要藏起来。

“它们差不多可以离开盒子了。”路易说。

“那之后它们做什么呢？”

“会做鼠妈妈教它们的事。出去找吃的，自己搭窝，和其他老鼠生活在一起，也会生宝宝。”

“我们还会再见到它们吗？”

“可能不会。当然我们可能会在花园、车库、墙角或者工具房下面看到它们。只能看情况了。”

“为什么鼠妈妈把它们留下自己跑了？”

“因为她更怕我们，比离开孩子们还怕。”

“我们不会伤害它们的，对吗？”

“不会。我不喜欢屋里有老鼠，但我不介意它们在房子外面。除非它们钻到引擎盖下面，啃坏电线。”

“它们是怎么做到的？”

“老鼠几乎能钻到任何地方去。”

23

艾迪说："你不用做这些的。"

"礼尚往来嘛，"露丝说，"我还要谢谢你们带我出去呢。"

"那我带点儿什么过来呢？"

"带上你自己就行。最好还有路易和杰米。"

下午他们一起从后门来到露丝的老房子。露丝穿着拖鞋和居家服，身上还围着围裙，在门廊处迎接他们，她枯瘦的面颊因为做饭热得绯红。邦妮在台阶底下呜咽。“哦，让她也进来吧，她很乖的。”于是邦妮爬上了台阶，跟着进了屋子。他们跟在露丝身后来到厨房，桌子已经摆好，但是离烤箱很近，所以特别热。“我本来打算咱们几个在这儿吃饭，不过现在实在太热了。”

路易站在厨房门口说：“要不要挪到餐厅去吃？”

“太麻烦了。”

“我们把菜挪进去就行。或者我打开几扇窗户？”

“我怀疑这些窗户能不能打开。你可以试试。”

路易用螺丝刀撬了撬凸窗，打开了其中两扇。

“哦，你打开了。我只能说，男人真的挺擅长某些事。”

“你说得真是太对了。”路易说。

他们晚餐吃了通心粉、芝士砂锅、千岛酱生菜沙拉、罐装绿豆、面包和黄油，一旁的老式玻璃水罐里有冰茶，还吃了那不勒斯冰激凌做餐后甜点。邦妮一直趴在杰米的脚边。

饭后，露丝带着杰米来到客厅，给他看墙上和写字台上的照片，而艾迪和路易在收拾桌子，清洗碗碟。

“你看这张，”露丝说，“你觉得照片上是什么？”

“我不知道。”

“这就是霍尔特。是霍尔特二十世纪二十年代的样子，九十年前。”

男孩抬起头，看着她瘦削干皱的脸庞，又看向照片。

“那会儿我还没出生呢，我还没那么老。这是我妈妈告诉我的。主街的两旁种了很多树。一个风格很传统的地方，静谧而又井井有条。看上去很美，不是吗？很适合散步和购物。之后这里通了电，装上了电线杆和路灯。有一天晚上，政府趁着镇里的人都睡了，就把这儿的树都砍了，理由是这些树挡住了路灯的光。人们发现后气疯了，就差冲他们吐口水了。我妈妈过了很多年还是很生气。是她告诉我这段历史，留下这张老照片。她以前老是感叹说：‘男人啊。’她一直没原谅我爸爸，因为他就在镇议会工作。”

“等等，”路易说，“我记得你不是说我们男人做某些事还挺好的吗？”

“不，你还在考察期。但这个孩子不一样。”露丝说，“我对他有信心。”她捧起杰米的脸说，“你是个好孩子，千万别忘了这一点，也别让任何人动摇这个想法，好不好？”

“嗯。”

“这就对了。”她松开手掌。

“谢谢你的晚餐。”杰米说。

“别客气，宝贝。”他们和她告别。在清凉的夏夜中，艾迪、路易、杰米和邦妮回家了。

到家后，艾迪打电话给露丝说：“真是个美好的夜晚。”

“是啊，是的。晚安。”露丝说。

24

一个夏天的清晨，天气还没那么热，他们带邦妮去乡下，想让她能尽情地跑一跑。他们给邦妮戴好保护管，开车来到小镇西边一条笔直的碎石路上。旁边的沟渠里长着向日葵、须芒草和石碱草。杰米让邦妮从后座下来，解开了牵引绳。她看着他，等着他的命令。

“跑吧，你现在可以跑了。去吧。”路易拍了拍手。

她蹦了起来，沿着马路开始跑，还时不时地跑到路边的沟渠里。每次迈步，保护管碰到坚硬的路面都会发出低沉的碰撞声。杰米在后面跟着她跑。艾迪和路易慢慢走着，跟着他们，看着他们。路上一辆车都没有，他们可以尽情地玩耍。

“这真是个好主意，”艾迪说，“收养这条狗。”

“他的确看起来更开心了一些。”

“是的。他在这儿跟我们一起的时候变开心了。不知道他回家后是不是还能这么开心。”

他们跑了回来，男孩跑得气喘吁吁的，脸也红扑扑的。

“受伤的爪子不影响她跑步，”杰米说，“你们看见了吗？”

邦妮抬头看看他，然后他们又跑远了。正是七月中旬，天气开始慢慢变热。天空万里无云，路边的麦田已经收割完，割下的麦秆堆在一边，只剩下光秃秃的麦地。旁边田里种着一排排绿油油的玉米。

好一个夏天。

25

七月下旬，露丝和一位还能开车的老人结伴去主街的银行。她在柜台前取了些现金，叠好塞进钱包，然后拉好手包，转身离开。快走到大门的时候，她突然摔倒了，瘫倒在银行的地砖上。

她死了。

后来很多人都说，说不定在倒地前，她就已经停止了呼吸。同行的女士捂着嘴哭起来。有人叫救护车，但已无力回天，救护车甚至都没把她拉到医院。验尸官证实了她的死亡，将她送到伯奇街的殡仪馆。火化后的两天，教堂为她举办了一场小规模的葬礼。她的朋友大多已不在世，只有零星几位老人步履蹒跚地走进教堂，坐在长凳上。有些靠在椅背上，下巴靠着瘦骨嶙峋的胸睡了过去，间或被圣歌唤醒。

艾迪靠着路易坐在最前排，她负责安排整场葬礼。牧师对露丝一无所知，艾迪向牧师介绍了她。露丝在世时，向来不喜欢所谓的正统宗教，还有教堂发表的关于上帝的幼稚言论，很早以前就不去做礼拜了。

葬礼结束后，人们各自回家，艾迪把露丝的骨灰盒带回自己家。露丝没有近亲，只有一个在南达科他州的远房侄女作为遗产继承人。她的侄女一周后赶来霍尔特，见了律师和房屋中介。露丝住了几十年的房子不到一个月就卖出去了，买主是一对来自其他州的退休夫妇。露丝的侄女甚至不想带走骨灰盒，她问艾迪："你想留着它吗？"

艾迪抱走了骨灰盒。凌晨两点的时候，她和路易趁着夜色把骨灰撒在露丝房子的后院里。

现在跟露丝还在的时候不一样了，他们再也没法一起在晚上结伴去咖啡厅，然后去看垒球比赛了。他们决定不告诉杰米全部真相，只说露丝离开这里去了别的地方生活。这也不全是一个谎言。

“她是个好人，不是吗？”路易说，“我很佩服她。”

“我已经开始想她了。”艾迪说，“我们以后会怎么样呢？我和你？”

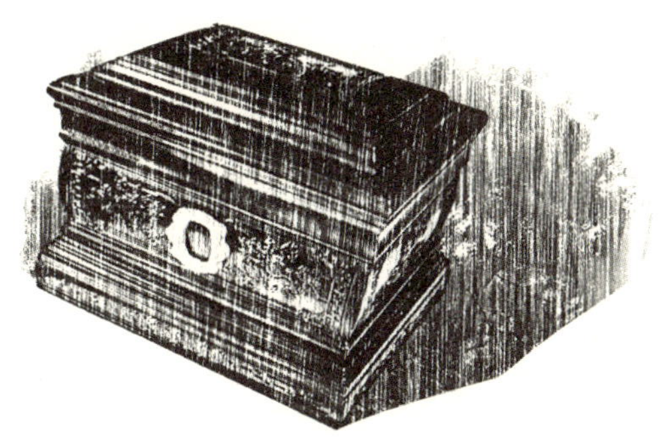

26

艾迪说："康妮死后，卡尔整个人都变了。平时在外面或者在办公室跟别人在一起的时候看不出来，但我能感觉到。他爱我们的女儿，胜过爱我和吉恩。自从康妮去世以后，他就再没怎么关心过吉恩，偶尔关心一下，也总是批评和教育。我跟他说过好多次，他总说会改，但我们知道回不到过去了。这对吉恩影响很大。我能感受到。我试着去弥补，但我无法替代卡尔。"

“那你们俩呢？肯定也变了很多。”

“康妮走后，我们有一年都没做过爱。他提不起兴趣。等他又想做的时候，效果并不好，更多只是生理需求，而不是因为爱或者感情。大概又过了一年多，我们就没再做过了。”

“那是什么时候？”

“他去世前的十年前。”

“你会想做吗？”

“当然。但更多的是怀念那种亲密感。我们再也不像从前那么亲密了。相敬如宾，仅此而已。”

“我根本不知道你们是这样的，一点儿都没看出来。”

“是啊，你怎么可能看出来呢。在外面我们相处融洽，甚至看上去如胶似漆。虽然我们是邻居，但见面并不多。事实上没人知道。我从来没告诉过任何人，相信卡尔也没有。吉恩知道，但他可能觉得这就是生活，夫妻之间就是这么相处的。”

“要是我肯定会很痛苦。”

“是啊，糟透了。我想跟他谈，但他不肯和我交流。

我试过全裸着钻进被子，喷上香水，甚至还订购过情趣内衣。他觉得这样很恶心。少有的几次做爱，他都很粗暴，或者说是刻薄。那样的性根本没有爱，这让我感觉更难过了。我不再尝试去修复我们的关系，接受了这种漫长、礼貌而又平淡的生活。

“我带吉恩去霍尔特，去丹佛听音乐会，看话剧，去看外面的世界，想让他知道生活不仅仅是这栋房子和里面的难言之隐。但没什么用。吉恩跟他爸爸一样，把自己封闭了起来。上高中之后他更不愿意和人交流。等他去了大学，我们就见得更少了。于是我开始自己去丹佛旅行，看音乐会，看话剧。我善待自己，因为我觉得自己配得上这些好的事物。我住布朗皇宫酒店，独自去吃价格不菲的晚餐，买了几件只在丹佛穿的礼服。我不想在霍尔特穿成那样，也不想让大家知道。不过我猜他们多少看出些端倪，你妻子可能知道一些。”

“即使她知道些什么，也从来没告诉过我。”

“我一直喜欢黛安这点。她是个值得信任的人，从不会传八卦或者在背后说风凉话。”

“不过你和卡尔这些年还一直同床睡，没有分开？”

“可能听起来是挺奇怪的，但这是我们少有还保留的事情。我们再也没碰过彼此，睡觉都是规规矩矩地躺在自己那边，甚至晚上偶然翻身都不会碰到。生病的时候会互相照顾，在白天像完成工作一样照顾着对方。卡尔会买花来补偿我，镇上的人都觉得，我们感情多好啊。但私下相处的时候，我们又是那么沉默。”

“后来他就去世了。”路易说。

“是的。我一直都在照顾着他。我想这么做，也应该这么做。他在教堂去世的那个周六之前，病情时好时坏，所以我一直陪着他，除此之外也不知道还能做什么。即使到最后两个人都不开心，但毕竟我们一起生活了那么久。

“这就是我们的故事。”

27

在一个周三，他们把露营的东西装上皮卡，路易开着车离开平原，向西边的山上驶去。随着弗兰特岭越来越近，眼前的山也越来越高，能看到山脚下被森林覆盖的山麓丘陵，即使在七月也能看到远处植被线上白雪笼罩的山顶。他们沿着50号高速公路又穿过了几个小镇，在其中一个小镇停下来吃了汉堡，接着从高速路穿过阿肯色河谷，下面水流湍急，两边是红色锯齿状陡崖，路旁还有大角羊以及长着锋利小角的母羊。开到240国道的时候，车子下了高速，向着北福克露营地的方向驶进国家森林。营地里还没什么游客或露营者。他们从车里出来，在溪边的营地开始卸东西。溪流奔涌的声音回荡在山谷里。高大的冷杉树、北美黄松和白杨沿着溪边和后边的山坡拔地而起。帐篷和露营点被林木围起来，附近还有野餐桌和防火环。

“我们把帐篷搭好就四处看看。”路易说。

路易找到了一块既平整又离生火堆不太远的地面，和杰米一起支起帐篷。路易教他怎么放帐篷杆、如何把引导绳绑紧、怎样把它们钉在地上以及如何折起窗罩和门帘。他们把充气床垫和睡袋放进帐篷，杰米和邦妮睡一边，艾迪和路易在另一边。艾迪拉开自己和路易用的睡袋，又拉开另一个睡袋，合在一块儿，这样他们就能有一张宽敞舒服的大床了。接着，她又铺好了杰米的睡袋。

搭好帐篷之后，他们一起朝着小溪走去，赤脚蹚进水里，感受着冰凉的溪水。

“奶奶，水真冷。”

“亲爱的，它是直接从雪山上流下来的。”

天色渐暗，晚饭时间已经过去了很久。国家森林里不允许砍伐树木树枝，路易和杰米一起从皮卡里搬出烧火用的木料。杰米在地上捡了些细枝和枯枝，然后他们在防火环里生起一小簇火，在火上支好烧烤架。艾迪和杰米煎热狗和罐装黄豆，又取出一些生萝卜和薯片。食物热好后，他们围坐在野餐桌边，一边看着那簇火，一边吃着晚餐。

“想再拿点儿树枝过来吗？”路易问道。

杰米和邦妮离开火堆往小卡车走去，回来时，杰米抱了满怀的木头。

“再往火上添点儿木头。”路易说。

杰米伸着胳膊，拿起一块木头放到火上，眼睛被烟熏得泪汪汪的。他放好木头，又坐了下来。山中空气清新凉爽，微风正起。他们没有说话，只是看着腾起的火苗，群星就在连绵的山上闪耀。在夜空的北方，Shavano 山光秃秃的山顶在夜色里像在闪闪发光。

路易带着杰米沿着小溪往下走，砍下三条绿柳的嫩枝，把尾端削尖，又回到了营火边。“你奶奶给你准备了惊喜。”

“是什么？”

艾迪拿出一包棉花糖，在每条柳枝上串了一块。

“拿着这个凑到火边，把表面烤成棕色，让它变软。”

杰米拿着树枝伸了过去，棉花糖马上燃烧了起来。

“快吹灭。”

艾迪给杰米演示怎么通过旋转树枝慢慢把棉花糖烤成棕色。他们每人吃了两三块烤棉花糖。杰米的嘴上和两只手都粘了黏黏的糖，还被棉花糖的焦壳蹭成了黑色。

吃完后，他们把食物收进车里，这样夜里就不会招来熊。接着，路易带杰米去营地的厕所，打着手电和他一起走进去。

“上完就出来，”路易说，“我们不用在这儿耗着。需要我在这儿陪你吗？”

“这里好臭。”

路易用手电照着便池上的洞。

“你上吧。我不走。”

路易转了过去。杰米脱下裤子，坐在便圈上。他很害怕下面黑漆漆的便池。杰米上完后，路易也用了厕所。两个人出来时，邦妮正在外面等着他们。他们重新呼吸到清爽的空气。回去的路上，他们在抽水泵前洗了手和脸，走回帐篷。

“奶奶，厕所里好臭。”

“我知道。”她帮助杰米铺好床，让他躺进睡袋，邦妮躺在他旁边的枕头上。

“你们睡哪儿？”

“我们就睡这儿，在你身边。”

“一整晚？”

“嗯。”

杰米躺好，慢慢地睡着了。路易和艾迪一小时后回到帐篷，脱下外衣，躺进睡袋。他们手拉着手，透过帐篷顶上的纱窗看着满天星辰。空气里有着浓郁的松木香味。

“这样是不是很棒？”艾迪说。

早上他们吃了松饼、鸡蛋和培根，收拾完营地，把食物和锅放到小卡车后面的保鲜箱里。这次他们沿着高速路向着大山的更深处开去，一直开到莫纳克山口。他们把车停在落基山的大陆分水岭。从车里出来，朝西边的山坡看过去，如果他们的视力足够好，如果他们的视线能够拐弯，他们将能穿越群山看到千里之外的太平洋。

中午时，他们又驱车回到了营地，吃了芝士三明治和苹果。他们从老旧的井里舀水，用绿色手柄的泵把水打上来。井水喝起来格外冰凉清冽。饭后，他们徒步进山，走到北福克溪上游的瀑布，坐在一旁看飞流直下，落入清澈的水塘。他们走到瀑布下面，离瀑布更近的空气也更清凉，薄薄的水雾拍在他们脸上。

回到了营地之后，艾迪和路易在溪边的阴凉处支起折椅，读起了书。杰米和邦妮在附近的树丛里散步。

"我们能不能随便走走？"杰米说。

"你们可以沿着小溪走。"路易说，"你觉得小溪是在往哪边流？"

"往那边。"

“为什么呢？”

“我不知道。”

“因为它在向山下流。水总是往低处流。你想往哪边走呢？”

“那边。”

“那就是往山下的方向，下游。如果要回到这儿，你要怎么做？”

“掉头。”

“真聪明。沿着小溪，往上游的方向走就能回到咱们的帐篷。你奶奶和我就在这儿等你。跟邦妮一起先试试看，走几步就回来。但是不管怎样不要跨过小溪，就在这边走。”

男孩和狗从营地往下游走了一会儿就回来了，然后又沿着小溪往下走。这次他们走得更远了，在岩石间捉迷藏，观察闪闪发亮的云母，爬上巨大的砾石，还躺下来看流淌的溪水。之后他们又回到了小溪的上游。

“你们都看到什么了？”路易问。

“我们没看到熊，不过有一头鹿。”

"邦妮什么反应？"

"她对着鹿大叫，然后我们就回来了，就这些。"

晚上他们生起一小簇火。艾迪把切碎的洋葱和青椒放进热好黄油的煎锅里，然后放了肉馅、番茄沙司、一勺糖、一勺伍斯特辣酱油、四分之一杯的番茄酱、少许盐和胡椒，还有她出发前就在家做好的自制酱料，然后她把这些都搅拌均匀，盖上了锅盖。路易和杰米出去拿了汉堡面包和昨天剩下的薯片，摆好餐桌。杰米拿着空水壶和邦妮一起去水泵前，盛回来一壶清甜的井水。夜色渐深，三个人围坐在篝火前吃晚饭。杰米给邦妮分了点儿他的晚餐，然后看向路易。路易冲他眨了眨眼，把视线转向了树林那边。

"我们今晚会看到熊吗？"杰米问。

"估计不会。"路易说，"如果遇到熊的话，会是黑熊。不过除非被吓到，否则它们一般不会伤害我们。邦妮反正会警告我们的。"

"我想坐在皮卡里看熊，从车里看。"

“嗯，这样可以。”

“你很怕熊来吗？”艾迪问杰米。

“我就是想看到一头。”

他们把水泼到火上，顿时腾起了水汽和烟雾，烧红的炭闪了几下熄灭了。路易带着杰米走进树林，手电在黑暗中忽明忽暗，然后他们停下来。

“你可以在这儿尿。”他对杰米说，“今天天这么黑，我们不用非得去那个厕所。”

“我不应该在外面小便。”

“这次没事，没人看见。”路易关掉了灯，“在这里动物都尿在外面，我想我们偶尔这样一次也没什么。”

他们两个随即尿在地上。之后，路易又打开手电，让杰米拿着。黑暗中，灯光在树林和灌木丛间闪动，随着步伐起起伏伏。他们又回到了帐篷里。

第二天他们从山上开下来，回到平原。正值周末，其他人都在开着与森林格格不入的野营车进山度假。

开到平原的时候，空气变得干燥炙热；从山林回到乡村，村庄看起来比之前更平，也更荒芜了。到家时已经天黑，他们都累得筋疲力尽，洗完澡后就直接回各自的卧室睡觉了。

28

八月初的时候，吉恩从科罗拉多大章克申市过来探望艾迪和杰米。他们在门口迎接他。

“我没看到你说起的狗啊。”他对杰米说。

“她在路易那儿呢。”杰米说。

“你管他叫路易？”

“嗯，他让我这么叫的。”

他们进了屋，吉恩把包拎到楼上杰米和邦妮一起睡觉的卧室，把包放在床上。

“这是我以前的卧室，这两天我会和你一起住这儿。”

“那邦妮呢？”

“她不能和我俩一起。”

“她一直跟我一起睡。”

“再看吧。”

他们又回到楼下。下午晚些时候，路易带着邦妮一起登门拜访。杰米跪在邦妮面前的地板上抚摩她，然后带她去了屋外的院子玩。

“不要到街上去！”吉恩说。

“我们天天都这样，爸爸。”杰米说完，就和邦妮出了屋门。

吉恩看向路易：“我听说你也和我妈一起住。”

“有时晚上会来这儿住。”

“这算什么？”

“算是友谊吧。”

“你在干什么？”艾迪说，“你知道我们的事。”

"我在做什么？我儿子就在另一间屋子的时候，我妈在和邻居的一个老头睡在一起，难道我不该问吗？"

"是没错。但这跟你有什么关系？"

"我儿子在这儿就关我的事。"

"我们两个没怎么样，"路易说，"我不认为这会伤害杰米。如果会伤害他的话，我不会过来。"

"我不觉得你有什么资格说话。你得到了你想要的。你为什么要在意别人的孩子？"

"但我在乎杰米。"

"那你现在用不着了。我不想让他受影响。我知道你。我是个孩子的时候就听说过你的事。"

"我怎么了？"

"关于你怎么离开妻子和女儿去找别的女人。"

"那是四十多年前的事情了。"

"狗改不了吃屎。"

"我对那件事很愧疚，但我没法回到以前去弥补。"路易看了他一会儿说，"我想我还是先回去，这样解决不了任何问题。"

“我晚些时候给你打电话。”艾迪说。

路易顿了一下，离开了。

“你为什么要这样？”艾迪说，“你怎么了？”

“我不想让我儿子受到伤害。”

“你不觉得这个夏天他已经被自己的父母伤害了吗？”

“我知道。但是我不想让他受更多的伤害。”

“你根本不知道你在说什么。他比刚来的时候好多了，如果你想知道为什么的话，那是因为路易对他很好。”

“因为他惦记着你的钱呢，是不是？”

“你现在又在胡说八道什么啊？”

“如果你嫁给他，他不就能得到一半财产吗？我没法阻止他。”

“我们没打算要结婚，他对我的钱也没兴趣。天哪，你是有多看不起我？”

吉恩移开了视线：“我不知道我要怎么办。我得从零开始了。”

“你知道我会帮你的。”

“能帮多久？”

“需要多久就帮多久。只要我能帮得上你。”

“你已经开始烦了。肯定是。”

“但我还在继续帮你。你是我儿子，杰米是我的孙子。”

之后的两个晚上，邦妮都待在路易家里。杰米和吉恩睡在楼上的卧室。第二个晚上，也就是周日晚上，杰米被噩梦惊醒，吉恩怎么安抚他都无法停止哭泣，直到艾迪进来把他抱到自己的床上。

周一吉恩和他们道别，开车回家了。吉恩走后，杰米就跑到路易家，给邦妮系上牵绳，戴上保护管，和她一起出门散步，再走小巷回到艾迪的后院。艾迪和路易在一边看着他们在院子里玩耍。

“昨晚情况很糟糕，”艾迪说，“就像他来这儿的第一个晚上，做了噩梦，变得很沮丧。今天吉恩告诉我贝弗莉过几周就回家了。”

“会怎么样？”

“我不知道。我想他们会再试试吧。她会搬回来住，杰米也要回学校了。”

“他走的时候可以把狗带上。如果他俩同意的话。”

“不知道他们会不会同意。”

“你可以问问看。如果邦妮能陪着他，肯定会有些不一样。”

他们看着外面院子里的杰米和邦妮。

“那我今晚应该过来吗？”路易问。

“你最好过来，老流氓。”

“吉恩可没说我流氓。”

“但我知道你是。”艾迪说。

29

路易说："她最后一年状态很糟，总在生病。他们给她试了化疗和放疗，能减缓一阵，却根治不了。她的身体越来越差，再也不想接受任何治疗，就那样慢慢衰弱下去了。"

"我记得，"艾迪说，"我想要帮忙。"

"我知道，你和其他人送来了吃的。我很感激。还有你们送的花。"

“但我从没进卧室探望过她。”

“是的。除了荷莉和我，黛安不想要任何人在楼上陪她。她不想让别人看见自己最后几个月的样子，也不想说话。她害怕死，我说什么也起不了多少作用。”

“你不怕死吗？”

“跟她不太一样。我相信某种来生。回到我们真实的自我，精神的自我。我们只是在肉体暂住，直到返回灵魂。”

“我不知道我是不是信这个。”艾迪说，“也许你是对的，希望如此。”

“我们会知道的，不是吗？但还没到那个时候。”

“是，还不到时候。”艾迪说，“我爱这个物质世界。我爱这样跟你在一起的世俗生活，有空气和乡村、后院和后巷铺着的砾石、草坪，凉爽的夜晚，在黑暗里躺在床上和你说话。”

“我也爱所有这些。但那时黛安已经耗尽了。到最后她太疲惫，太虚弱，已经顾不上恐惧了。她想要解脱，结束这些煎熬。最后几个月她极其痛苦，即使用镇静剂和吗啡也不行，太疼了。在内心深处，她依然很害怕。晚上我进她的卧室查看，她总是醒着，大睁着眼睛看向窗外的黑夜。我问：‘我能帮你些什么吗？’她说：‘不。’‘你想要点儿什么吗？’‘不。我就想这一切能结束。’

“荷莉会帮她洗澡，试着让她吃些东西，但她不饿，什么都不肯吃。我想她多少也知道这是在饿死自己。临终那阵她很虚弱，腿和胳膊细得像小棍。凹陷的脸上只有一双眼睛显得格外大。看她变成那个样子很可怕，然而对她自己只会更可怕。我想为她做点儿什么，但除了已经做过的那些也没有什么能再做的了。她不想再回医院。临终关怀医院的护士每天都会过来，人很好，帮了很多忙，让她能够在家离世。

“这就是经过。最后她去世时，我和荷莉都在屋子里，她用那双大大的黑眼睛望着我们，好像在说：‘救我，救我，为什么你们不救救我？’然后她停止了呼吸，死去了。”

路易接着说：“人们说灵魂从身体飘离后会停留一阵。也许她的灵魂也是。荷莉说她能感到她妈妈还在房间里，也许我也感到了。我不确定，但我感到了某些东西。什么被释放出来了，很轻微，也许只是一缕气息。我不知道。至少她在另外一个地方，或者高于人世的地方获得了宁静。我想我相信这点，也希望她能安息。她从来没在我身上得到真正想要的。对于生活该什么样，婚姻该怎样，她有自己的想法，但我们之间从来都没有如她所愿。在这方面我辜负了她。她应该找个更好的人。”

“你又开始苛求自己了。”艾迪说，“又有谁能全部得偿所愿呢？我们中很多人都不能。总是两个人盲目地互相拉锯，顽固不化，痴人说梦，彼此误解。”

“但我们之间不是这样。不是现在，不是此刻。”

“我也这么想。可你也许会厌倦我，想要退出。”

“如果真会这样我们可以结束。”她说，“这是我们对这段关系共同的理解，不是吗？即使我们从来没这么说过。”

“是的。当你不想继续的时候，可以告诉我。”

“你也是。”

“我不觉得我会。黛安和我从没像咱们这样过。除非她和一个我不知道的人。但她没有，也不会那么想。”

30

八月有一年一度的霍尔特郡集会，在小镇北边的场地有马术比赛、家畜鉴评。集会以一场游行作为开端，从主街的南段出发，沿着主街向铁轨和旧火车站进发。游行开始的那天下着雨。路易和艾迪穿上雨衣，又找了一个黑色垃圾袋，在底部剪开一个洞套在杰米身上当作小雨衣。三个人向主街走去，同其他人一起站在路边观看。虽然是阴雨天，街两边仍站满了人。仪仗队最先出场，举着泅湿的旗子，扛着滴水的步枪。接着出现的是闷哼着的旧拖拉机，放在平板拖车上的联合收割机，古董般的干草耙、割草机，还有许多拖拉机，散漫地发出砰砰声。后续出场的高中生乐队，自夏天减员后只剩十五人，他们都穿着白衬衫和牛仔裤，现在衣服湿透了，全粘在了皮肤上。接着驶来的敞篷车里都是镇上的名人们，出于天气的缘故，支起了车篷。马术皇后和她的侍从们骑在马上，跟在车流之后出场；姑娘们穿着防水服，都是马术好手。她们后面是更多新奇的车子，车门上刷了各式广告。国际狮子会、国际扶轮会、国际同济会，以及圣地兄弟会[1]的车子从街上蜿蜒驶过，就像爱炫富的幼童坐在加大功率的微型赛车里那样招摇。更多的马匹、穿着黄色防水衣的骑手和一辆小马车陆续走过。游行队伍的末尾进来了一辆平底卡车，前面立着一块竖板，车上放着绘有宗教图画的纸板，是镇上一座福音派教堂的车。在竖板上有个木制十字架，一位长发黑须的年轻人站在十字架前，

1　这几个都是著名的国际慈善救援组织。

穿着短袍，因为下雨，他还举着伞。当路易看到他的时候忍不住笑出声来，附近的人纷纷转过头来看他。

“你会给自己惹麻烦的，”艾迪说，“这里不能随意开玩笑。”

“我在想他能走在水面上[1]，却没法阻止水落在头顶上。”

“嘘，”她说，“管着点儿自己。”

杰米仰起头来看他们，想知道他们是不是真的很生气。

游行结束后，霍尔特街的清洁工来到街上，用巨大的旋转刷清扫路面。

下午的时候，雨停了。三个人开车到了露天市场把车停好。他们走过牲口棚，经过皮毛光滑的马，看到尾巴蓬松、整齐干净的牛，又看了围栏里躺在稻草垛上的猪——又胖又粉，喘着粗气，拍打着耳朵；他们走过被

---

1 《圣经·创世纪》（1:2）里：“地是空虚混沌，渊面黑暗，神的灵运行在水面上。”

剃毛修剪后的山羊和绵羊，穿过一笼笼的兔子和鸡，抵达嘉年华区。他们把杰米抱到摩天轮上，和艾迪坐在一起。路易没一起，他说摩天轮转起来让他恶心。艾迪和杰米随着摩天轮上升、旋转，当他们旋转到最高处的时候，她指出了地面上的主街、谷物升降机、水塔，还指出了希达街上他们家的位置。

“你看见我的房子了吗？”

“没有。”

“就在那边，和那些大树在一起。”

“我看不到。”

他们远眺，看到小镇外面的景色，开阔的乡野，在那里能看到农舍、粮仓以及防风林……

从摩天轮下来后，他们又玩了射击和掷球，还给杰米买了粉色的棉花糖，自己买了冰沙饮料。他们一起漫步，看周围的人们。走回来后，艾迪和杰米又坐了一次摩天轮。现在已经是傍晚了。远处竞技场传来报幕员响亮而热烈的声音，赛马还在继续。他们没有买票进去看赛马，而是走到了最远的那一端，透过围墙看套小牛、骑公牛。

泥土路上有四分之一英里赛马，他们看着马匹飞驰而过，骑师们在到达终点后站在马镫上，马儿喷着鼻息，躁动不已。看完赛马，他们开车回家了。杰米把邦妮从厨房里放出来，然后他们一起在前廊吃晚饭，结束了这一天的活动。

31

路易修剪完自己的草坪，又修理了艾迪的草坪。他把碎草从集草袋倒入独轮推车，由杰米把车推到后门，把草倒在后巷的垃圾堆上，又推回来继续装剩下的草。等他们清理完所有的碎草，路易用水管把除草机喷洗干净，推进棚子里。

走到工具棚的角落，路易掀起鼠窝上的盖子。

“你觉得我们还会再看到那些小老鼠吗？”

“也许会，”路易说，“我们只能继续观察。”

“我想知道它们去了哪儿。我想知道鼠妈妈有没有再找过它们。”

他们一起去了艾迪的厨房，喝了冰茶，又来到侧院玩接球。艾迪也出来了。邦妮追着球跑来跑去，跳到半空；球落在地上时，她就跑去把球捡起来，绕着院子跑，直到他们追上她。

中午的时候，路易回家了，杰米把邦妮留在艾迪家，和她一起吃午饭，轻声细语地聊天。饭后，他和邦妮走进楼上的卧室，邦妮懒洋洋地躺在床脚下。杰米躺在床上，把玩着手机，然后打给妈妈。

“我很快就能见到你了，”妈妈说，“我告诉过你了吗？我要回家了。”

“爸爸怎么说？”

“他说这样很好。我们两个都想再相处试试。你高兴吗？”

“那你什么时候回来？”

“一两周之内。”

“你会住在家里吗？”

“当然。要不然我还能住到哪儿呢？”

“我不知道，可能其他地方吧。”

“宝贝，我想要和你在一起。”

“还有爸爸。”

“是的，还有爸爸。”

32

几天后，艾迪、路易和杰米去了小镇东边高速路旁的马车轮餐厅，选中一张靠着大窗的桌子坐下。从窗户望向南边能看到一片麦地，太阳渐落，在低垂的天光下短短的麦茬儿看起来很美。他们点完餐后，有个老头走过来，重重地坐在一旁的空椅子上。他身材结实，穿着长袖衬衫和崭新的牛仔裤，有着宽宽的红脸庞。

路易说："你认识艾迪·摩尔对吗，斯坦利？"

“不像我想得那么熟。”

“艾迪，这就是有名的斯坦利·汤普金斯。”

“我可谈不上出名，臭名昭著还差不多。”

“这位是艾迪的孙子杰米·摩尔。”

“让我看看你的手劲儿，小伙子。”

杰米伸出手去握老人厚厚的手掌，斯坦利突然缩回了手，引得杰米盯着他看。

“我听说你们两个最近在一起。”斯坦利说。

路易说：“多亏艾迪愿意忍耐我。”

“你们俩让我觉得其他人没准儿也能过上这样的生活。”

艾迪拍拍他的手掌：“谢谢你。这是件让人充满希望的事，不是吗？”

“你认不认识什么人想要和种小麦的老庄稼汉腻在一起？”

“我会开始留意的。”她说。

“我就在电话簿里，很容易找到的。”

“你最近怎么样？”路易问他。

“唉，你知道的，老样子。我儿子把麦子买入，之后运去维加斯。他受不了在银行挣那么点儿钱，还带着一个从布拉什来的女孩。我从没见过她，估计长得很漂亮。”

“为什么不跟他们一起走？”

“嗐，”斯坦利看向杰米，“真是没办法。我从来没法跟一群陌生人厮混在一起打牌。如果你想要在家打扑克，或者跟这儿的其他人一起，那就不一样了。你得知道你和什么人在一起玩，这样才有趣。不过不管怎么说，在城市里对我没好处。”

“你的麦子收成怎么样？”

“今年非常不错，路易。我不想炫耀这个，不过这是这么长时间以来我们收成最好的一年。雨下得及时而且充足，我们这片没有赶上冰雹。南边的邻居赶上了。总之我们只能说是很幸运。”

餐厅侍者端上来了一盘盘食物。

“我不打扰你们吃饭了。”斯坦利站了起来，又伸出手和男孩握了握，“放轻松，别紧张。”杰米试探性地看了看他的手，轻微地碰了一下。“好了，我们以后见。”

“保重。”

“见到你很开心，摩尔太太。”

用过餐后，他们去了乡村，开车到了位于小镇东北边汤普金斯家的地。他们停下来凝望星光下只剩麦茬儿的田地。短短的麦梗看起来厚密平坦。

“看来他今年做得不错，”路易说，“我很高兴。他也有过不太顺的几年，每个人都有不顺的时候。”

“但不是今年。”艾迪说。

“是啊，不是今年。”

33

“一个周六的早上，他在教堂做礼拜时去世了。”艾迪说，“你知道这事。”

“是啊，我记得。”

“那是在八月，教堂里很热。即使是在夏天和那些最热的日子里，卡尔都穿着西装。他认为这是身为商人必须做到的。作为一个保险代理人，他对于保持形象有一套准则。我不知道这有什么可在意的，又或者谁会在意。但对他而言这很重要。牧师布道进行到一半的时候，我感觉他靠在我的身上，我以为他只是睡着了。好吧，那就让他睡吧，他太累了。可他继续向前倒下去，在我反应过来时，他的头已重重地撞在前排的长椅背上。我刚够到他的身体，他却已经蜷着摔下了长椅，倒在地上。我弯下身子小声叫道：‘卡尔，卡尔。’

“周围的人看着我们。坐在他旁边的男人也曲着身子想帮我扶起他。牧师停止了讲话，其他人站起来过来帮忙。‘叫救护车。’有个人说。我们把他从地上抬起来，把他放在长椅上。我尝试给他做人工呼吸，按压他的胸口，但他已经走了。

“救护人员来了，他们问：‘你想把他送到医院吗？’我说：‘不用了，把他送到殡仪馆吧。’他们说：‘我们把他抬走前必须等验尸官过来。’于是我们等着。最终验尸官来了，宣布卡尔的死亡。

“救护车把他拉到殡仪馆，我和吉恩开着车跟在后面。丧葬负责人让我们和他待在一间后屋里，那里比较正式、安静，不是他们平时整理遗体的房间。我不想让他做遗体防腐，吉恩也是。吉恩那时从大学回家过暑假。我们两个坐在小屋里，和他父亲的遗体在一起。吉恩不肯碰他。我俯身看着他的脸，亲吻了他。那时他的身体已经僵冷，可眼睛还睁着。屋里的气氛怪异，陌生又安静。

“吉恩从始至终没有碰过卡尔。他离开后屋，而我在屋里坐了几个小时，拉了一把椅子坐在卡尔身边，靠近拉住他的手，想着我们之间所有快乐的日子。最终我和他说了再见，然后叫负责人进来，告诉他已经准备好了，遗体可以火化并安排仪式了。

“这一切都太突然。我还恍惚着，来不及做好接受的准备。”

“你这样很正常。”路易说。

“但即使是现在，那一幕还历历在目，我还记得那种恍如隔世的感觉，像陷在一场梦里，做些你根本不知道自己在做什么的决定，也不确定自己究竟在说些什么。

“吉恩深陷沮丧之中，可他对这件事闭口不谈。在这件事上他跟他爸爸的反应一模一样。他们从不说起这些事。学校允许他提前返校，吉恩在家待了一周后就走了，然后他在那边度过了余下的暑假。如果当时我们能互相扶持一把会好很多，但事情并没有那样发展。我想我也没有尽力。我想让吉恩留下来，但我看得出这么做谁都不会好过。我们回避彼此。当我尝试跟他说起他爸爸的时候，他说，无所谓，妈，现在无所谓了。但这些当然有所谓。他对卡尔积攒了很深的愤懑，我觉得到现在他都没有走出来，这也多少影响了他和杰米的关系。他似乎在重蹈覆辙，重复自己和他爸爸之间的模式。”

“但你不能弥补过去，不是吗？”路易说道。

“我们总希望如此。事实却无能为力。”

34

周日时，路易和艾迪坐在厨房餐桌前喝着清晨的咖啡。邮报上为丹佛表演艺术中心做宣传，刊登了即将到来的戏剧季广告。艾迪说："你看到他们要把最近那本关于霍尔特郡的书改编成戏剧了吗？那本写一个垂死的老头和牧师的书。"

"他们把另外两本也改编了，所以我估计他们也会把这本演出来。"路易说。

“你看过之前的那两部吗？”

“看了。但我真的想象不出两个老牧场主会收留一个怀孕少女。”

“这可能发生，”她说，“人们可以做出出乎意料的事。”

“我不知道，”路易说，“这都是他的想象。他从霍尔特里获取真实的细节，街道的名字，乡村的样子，事物的方位，但他写的不是这个小镇，也不是镇里的任何人。你认识哪些人像他们吗？那是发生在这里的吗？”

“我不知道，也从没听说过。”

“那都是想象出来的。”他说。

“他可以写一本关于我们的书。你觉得怎么样？”

“我才不想被写进哪本书里。”路易说。

“我们俩可没比两个老牧场主的故事现实多少。”

“这不一样。”

“怎么不一样？”艾迪问。

“呃，我们是我们。我们两个对我而言并不是不可能的。”

“但你一开始可不是这么想的。”

“我不知道该怎么想。你让我很吃惊。”

“你现在觉得好些了吗？”

“这是种好的惊讶。我不是说我们之间不可能，只是我还是不明白你为什么会有问我的想法。”

“我告诉你了。因为孤独，想要有人在晚上说说话。”

“这似乎很需要勇气。你在冒一个险。”

“是的。但即使行不通，我也不会变得更糟。除了被拒绝的羞辱感。我不认为你会告诉其他人。如果你拒绝我的话，这件事只有你我知道。不像现在尽人皆知，而且被传了好几个月，我们早就是旧闻了。”

“我们可算不上旧闻。这本来就算不上什么事，不论是新闻还是旧闻。”

“你想变成新闻吗？”

“不，见鬼。我只是想简简单单地生活，关注每天发生的事情，然后晚上和你一起睡觉。”

“是啊，那就是我们在做的事情。谁会想到在我们这个年纪还能做这样的事情呢。事实证明我们还没有经历完所有的变化和激动人心的事，我们的身心也没有完全枯竭。”

“而且我们甚至都没做过其他人以为我们在做的事。”

“你想吗？”艾迪问。

“我听你的。”

35

八月末的一个周六，吉恩开车穿过群山来到霍尔特接杰米回家。他在傍晚到达艾迪家，走上台阶，拥抱艾迪和杰米，又带着杰米和邦妮来到街上。

“你不喜欢她吗？”杰米问。

“我当然喜欢啦。”

“但你从不碰她。你一次都没摸过她。”

吉恩俯下身来，拍了拍邦妮的脑袋，对她温柔地说了说话。他们继续在街区附近散步，又穿过后巷回到艾迪的房子。三个人一起吃了晚饭。晚上吉恩和杰米睡在背面卧室的双人床上，邦妮也陪他们待在卧室里。路易一直没有出现。

到了早上，他们打包了杰米的衣服、玩具和垒球用具，还有邦妮的食盘和狗粮。杰米说："我必须和路易说再见。"

"我们得走了。"

"就一分钟，爸爸。我一定要去。"

"那别太久。"

杰米冲去路易的房子，但他不在家。杰米拉开门，在里面喊路易，又在各个屋子里寻找。他哭了起来。

"你可以之后给他打电话。"吉恩说。

"那不一样。"

"我们不能再等了，现在出发到家都已经很晚了。"

艾迪用力拥抱了杰米说："记得回去给我打电话，听到了吗？我想知道你在做什么，在学校怎么样。"杰米紧抓着她不放，她慢慢松开他的手。"一定要记得打电话给我。”艾迪说。

“我会的，奶奶。”

她又亲吻了吉恩：“还有你，要耐心。”

“妈，我知道。”

“但愿。希望你也会打给我。”

他们开动汽车，男孩和狗在后座从窗户看着站在路边上的艾迪。男孩还在哭泣。艾迪的目光一直追随着车子，直到它消失在视野里。天已经黑了，路易依然没有来艾迪家，她打电话问路易：“你在哪儿？你不过来吗？”

“我不知道该不该去。”

“你还是不明白，是不是？我不想一个人待着，像你一样冥思苦想。我想要你过来，这样我就能跟你说话。”

“让我先厘清思路。”

“你不需要厘清思路。”

“但我想。我在一小时内过去。”

“好吧，我就在家里。我等你。”

路易像往常那样刮了胡子，洗了澡，在夜色里走过邻居们的房间。艾迪坐在门廊等他，看到他，她起身，站到台阶上亲吻他。这是她第一次在其他人能看到的地方亲吻他。“有时候你可真是顽固。”她说，“我都不知道你还能不能明白。”

“以前从不觉得自己是个学东西很慢的人，但现在看来应该是吧。”

“在我们的事上你是。”

“我明白自己对你的心意，也清楚你对我而言有多重要，但我不知道你是否也和我一样。”

“我才不要去研究这些，这是你的问题，不是我的。现在我们去楼上吧。”

在黑暗里，他们在床上拥抱彼此，艾迪说：“我不知道这事之后会怎么样。”

“你还是在说咱们俩吗？”

“我说的是我儿子、孙子，还有杰米的妈妈。杰米走的时候在哭。你知道他为什么哭吗？”

“因为他会想你。”

“是的，”她说，“但他今天哭是因为他没能跟你告别。那会儿你在哪儿？”

“我到乡下转了转，然后决定开到菲利普斯吃午餐，直到傍晚后才回来。”

“他走之前去你家找你。能看得出来他多在乎你。”

“我也很在意他。”

“我只希望吉恩和他妻子能做得好一些。也许经过这个夏天他们能学到些什么。我已经在担心他们了。”

“想想你怎么跟我说的，我们没法修补人们的生活。”

“那是说给你的，不是说给我自己的。”

“我知道了，”路易说，“在你身边跟你说说话已经让我觉得好多了。”

“我们还没说什么呢。”

“但我已经感觉好些了。谢谢你说这些。对于我们之间的一切，我都很感激。现在我又觉得自己真的很幸运了。”

36

杰米离开后，艾迪和路易第一次尝试做那件整个镇子都以为他们做过、然而他们却还没做的事。路易花了很长时间换衣服。他背对着床穿上睡衣，艾迪躺在棉被单里。等他转过身来，发现她已经悄悄拉开了被单，赤裸地躺在床头灯昏黄的灯光下。他站在那儿看着她。

“别光站在那儿，”她说，“你让我都紧张起来了。”

“别紧张，”路易说，“你看起来很可爱。”

“我腰臀上好多赘肉，老身子骨，现在是个老女人了。”

“好吧，老女人摩尔。你彻底搞定我了。你就在正好的状态，你就是你该有的样子。你本来就不该像那些十三岁的小女孩，既没胸也没屁股。”

“就算我当时那样过，现在也不是了。”

“看我现在这样子，”他说，“我都有胆量面对自己。我现在有着老男人的细胳膊细腿了。”

艾迪说：“我觉得你看起来挺好。但你一直站着，不想躺下来吗？你要一晚上都这么站着吗？”

路易脱下睡衣钻进被子，她靠过来，拉住他的手亲吻他。他回应着艾迪的吻，碰触她的肩膀和乳房。

“已经好久没这样过了。”她说。

“我也好久没这么做过了。”

他又一次亲吻她，抚摩她的身体。艾迪把他拉近了一些，他抬起身，俯下来亲吻她的脸、脖子、肩膀，挪到她上面，伏动起来，没多久他停了下来。

“怎么了？”

“没法儿继续勃起，我已经老了。”

“你以前有过这个问题吗？”

“没有。但我也很多年没做过了，像诗人说的，疲软的岁月已经到来。我现在就是个老东西了。”

他躺回来，在黑暗中躺在她身旁。

“你感觉不太好吗？”她问。

“是的，有一点儿。不过最差劲的是我恐怕让你失望了。”

“不，你没有让我失望。这只是第一次，我们不赶时间。”

“也许我该试试电视上做广告的伟哥。”

“别多想，一切会好的。让我们换一个晚上再试。”

37

有一天晚上，他们一起散步到一所中学的操场。艾迪坐在秋千上，路易推着她，她在夏末清爽的夜风里随着秋千摇摆，裙边也飘起来，叠在了膝盖上。之后他们回到了卧室，赤裸着躺在一起，只有微风从窗外徐徐吹来。

有一次，他们在丹佛古老而美丽的布朗皇宫酒店过夜，就像她从前那样。酒店有露天庭院和大厅，钢琴演奏师会在每个下午和晚上弹奏。他们的房间在三层，可以从扶栏俯瞰庭院，看见钢琴演奏师，还有坐在桌前饮茶、喝鸡尾酒的客人们，服务生在吧台进进出出。夜晚降临，客人们或走进酒吧，或走进餐厅；餐厅里铺着洁白的桌布，放着闪亮的玻璃杯和银餐具。他们一起去下面的餐厅用餐，又回到楼上。艾迪换上她好多年前买的昂贵礼服，那些只在丹佛才穿的衣服。他们走出酒店，从人行道步行到 16 号大街商场，之后坐上班车去柯蒂斯街，走到丹佛中心。他们穿过大厅，走入位于左侧的戏剧院，一位剧院女员工给他们指路。剧院观众席格外宽敞，他们看着其他人进场、聊天，直到戏剧开始。舞台上的演员穿着白衬衫和黑西装裤，打着领结，基于任务地唱歌，而观众们被其中一些表演所取悦。艾迪和路易拉着手看戏，到中场休息的时候离开座位去卫生间。女厕前排起了长队，路易回到座位后，艾迪到了下半场戏快开始才回来。

“什么都别说。”她说。

“我没打算说。”

“为什么他们意识不到女人上厕所要更久，而且需要更多隔间呢？”

“你知道为什么。”路易说。

“因为是男人们设计了这些。这就是原因。”

他们看完下半场，走出剧院回到街道，在剧院门口明亮的灯光下打车回到酒店。

“想喝一杯吗？”路易问。

“就一杯。”

他们走进酒吧，被带到一张桌子前。两个人各点了一杯酒，喝完后坐电梯回到房间。他们除去衣服，躺到酒店的大号双人床上，关掉屋里所有灯，只有街上的灯光从酒店的蕾丝窗帘里透进来。

“这样是不是很有意思？”艾迪说。

“我觉得是。”

她飞快地凑得更近了一些：“我特别开心。今天我已经尽兴了，明天我想睡在咱们自己的床上。”

“一切都刚刚好。”他说。

“那你现在要不要在这个酒店的大床上亲我？”

“我刚才也是这么想的。”

第二天早上，他们很晚才在餐厅吃早餐，接着给行李打包。接待人员把路易的车开到酒店门前，帮他们把行李搬上车。因为心情愉快，路易慷慨地给了他一笔小费。他们悠闲地沿着34号国道开上高地平原，穿过摩根堡和布拉什，最终驶入霍尔特郡平坦空旷的土地。这里树木稀少，只有小镇沿街和农舍附近有防风林。天空万里无云，视线所及之处只有更多蔚蓝的天空，除此以外一无所有。

下午他们回到艾迪家，路易把她的行李送到房间，又开车回家整理自己的旅行包。天黑后，他步行到艾迪家过夜。

38

劳动节那天他们决定向东从高速路来到酋长溪。溪水清浅，底部多沙，溪边有青草、绿柳和乳草，靠近水底的青草已经被牛啃短了。溪水不远处有一丛上年头的棉白杨。艾迪拿出装着食物的野餐篮，路易从汽车行李箱中取出耙子和铲子，铲去树荫下已经晒干的牛粪——这是牛驻留避风的地方。

“你以前来过这儿，”艾迪说，“你早有准备。”

“荷莉还小的时候，我们会来这儿。这估计是唯一能找到树荫和活水的地方。”

“这里真好。虽然比不上山区，但对于霍尔特郡而言很好了。”

“是啊。”

“不过会不会有人过来把我们赶走？”

“应该不会。这里是比尔·马丁的地，他不会介意这些细节的。”

“你认识他？”

“你应该也认识他。”

“只听过名字。”

“他的孩子在我班里上过课，都是特别聪明的孩子，调皮捣蛋，但活泼聪明。他们现在都离开家了。我想比尔会觉得难过吧，孩子们不想留在这里。”

艾迪在干净的地面铺开一张毯子，他们坐下来，就着冰茶吃着炸鸡、凉拌卷心菜、胡萝卜条、薯片和橄榄。艾迪给两个人各切了一块巧克力蛋糕。吃完后，他们躺在毯子上，看着头顶摇动的绿色枝条，叶子在微风里交缠抖动。

过了一会儿，路易坐起身，脱去鞋袜，卷起裤腿，穿过炙热的土地，走入清凉的溪水，踩在水底的沙地上，用手捧起水拍到脸上，浇在胳膊上。艾迪穿着裙子赤裸着双脚，把裙子撩到膝盖上面，走进溪水里。

“哦，能在大热天里这样太好了。我从来没来过这儿，都不知道霍尔特有这样的地方。”

“那跟紧我，”路易说，“你能学到好多，姑娘。”

路易脱去了上衣、裤子和内衣，把它们放在草地上，又走回溪水里，用水泼湿自己，坐进水里。

“好吧，”艾迪说，“如果这就是你做事的风格。”她把裙子掀起从头上脱下来，脱下内衣，让自己挨着他浸在水里。“我甚至都不在意有人看见咱们俩。”她说。

他们面对面地坐着，躺在水里，除了脸和手，身体其他的部分看起来都很苍白。两个人有些昏昏欲睡，心情满足。他们能感觉到水流冲刷着身下的沙子。

之后他们从溪水里起身，回到毯子上把身子擦拭干净，穿好衣服，在树荫下睡了一个暖暖的午觉。醒来时，他们又一次蹚进溪水中冲凉，然后打包食物，开回霍尔特。路易把艾迪送到家，继续沿着街区开到自己家，停车，把铲子和耙子收进工具棚。他刚进屋，电话马上响了。

“你最好过来一下。”艾迪说。

“怎么了？”

“吉恩在这儿，他想跟咱们谈谈。”

“我这就过去。”

起居室里，吉恩坐在艾迪对面的长沙发上。

他说：“坐下，路易。”

路易看了他一眼，走到屋子对面，在艾迪唇上印下一吻。他表明立场后，坐了下来。

“什么事？”

“我会说的，”吉恩说，“我整个下午都在等你们。”

“我告诉他我们去哪儿了。”艾迪说。

“那里算不上什么特别的地方，是因为你才变得有意义，要看跟谁在一起。”路易说。

“这就是我来这儿的原因。我希望这种事能停止。”

“你指我们两个在一起？”路易说。

"我说的是你晚上偷偷摸摸来我妈的房子。"

"没有人偷偷摸摸。"艾迪说。

"是啊。你甚至都不知道害臊。"

"本来就没什么可值得羞耻的。"

"像你这个年纪的人还在摸黑见面。"

"这样很美好。我希望你和贝弗莉也能像路易和我一样相处融洽。"

"如果爸爸处在我的位置,他会怎么说?"

"他根本不会想要说出来,但我想他不会同意。即使有过这种想法,他也不太可能会这么做。"

"是的,他不可能同意,他更清楚自己的身份。"

"天哪,我都七十岁了,我不在意镇上的人怎么想。对于你可能会在意的一点,镇上至少有些人是认可我们的。"

"我不信。"

"你信或者不信都无所谓。"

"对我而言有所谓。把我妈妈带到丹佛,把我儿子带上山,而且你们两个居然还跟我儿子睡在一张床上。"

“你怎么知道的那件事？”艾迪问。

“这不重要，我知道。你们到底是怎么想的？”

“我们在想着杰米，”路易说，“他那时很害怕。我们把他带进来安慰他。”

“是啊，现在每个晚上他都在哭。这是从这儿开始的。”

“这开始于你把他留在这儿。”艾迪说。

“妈，你知道我为什么这么做。你知道我爱我儿子。”

“但你就不能好好爱他吗？他是个很好的小孩，你的爱就是他要的全部。”

“你的意思是，就像爸爸对我做的那样？”

“我知道你爸爸并不总是那么好。”

“好？呵，康妮死后他对我的方式跟这个字一点儿关系也没有。”

吉恩抹了一把自己的眼睛，看着路易：“我希望你离我妈远点儿，不要碰我儿子，不要惦记我妈的钱。”

“吉恩，安静，”艾迪说，“别再说了。你这是怎么了？”

路易从沙发上起身。“听我说，”他说，“你会这么想真是太糟了。我永远都不会伤害你的儿子，或者你妈妈。但我不会离开她，除非她让我离开。而且我非常确定我对她的钱一点儿兴趣也没有。如果对于这事你还想跟我谈，我可以明天见你。”

路易俯下身，再次亲吻了艾迪，走出了房间。

“我真替你感到丢人，”艾迪说，“我都不知道还能跟你说什么。这件事让我恶心。我很难过。”

“只要你不再见他。”

到了晚上，艾迪拉起被单遮住脸，背对着窗户，悄悄地哭了起来。

39

和吉恩那次谈话后，艾迪和路易仍然在继续见面。他晚上还会去她家，但现在变得不一样了。他们之间再也不是轻松愉悦和彼此探索了。慢慢地，有些晚上路易会独自在家，而艾迪一个人在深夜读上几个小时的书，不想让他在床上陪着她。她不再赤裸着等待他。在路易过来的晚上，他们依旧会挽着手，但这更多的是习惯使然，是哀伤、孤寂和沮丧，像是他们为了抗拒即将到来的结局而尝试留存这些共处的时刻。他们沉默地并肩躺着，睡不着觉，再也没有做过爱。

有一天艾迪想要跟杰米在电话里说话。她能听见杰米在那边哭，但他的爸爸不让他接电话。

“你为什么要这样？”艾迪说。

“你知道原因。如果这样有必要，我就会这么做。”

“你真是卑鄙。这样很残忍，我不觉得这能长久。”

“你可以做出改变。”

有一个下午艾迪给杰米打电话，因为她觉得那个时间杰米应该会一个人在家，但他不肯跟她讲话。

“他们会生气的，”他说着就哭了起来，“他们会把邦妮带走。他们要拿走我的手机。”

“哦，天哪，”艾迪说，“好吧，宝贝。”

周中某一天，当路易再来艾迪家时，她把他领进厨房，递给他一罐啤酒，给自己倒了一杯红酒。

“我想要跟你聊聊，就在外面这儿，灯下说。”

“看来有些事情发生了变化。”路易说。

“我不能再继续了。”艾迪说，“虽然想过事情可能会发展到这一步……不能再这样了。我需要杰米，必须维护和他一起的生活。他是我的唯一。儿子和儿媳对我而言已不重要，一切都变了，我不觉得我们三个能迈过这个坎儿。但我仍然想念杰米。我们在一起的这个夏天更加肯定了这一点。”

“他爱你。”

“是的。他是这个家里唯一爱我的人。他会活得比我长，他会是那个在我死时陪在身边的人。我不想要其他人，也不在意其他人。他们已经把我的感情都扑灭了。我不相信吉恩，我不知道他还能做出些什么。”

“所以你想让我回自己家？”

“不是今晚。再待一晚，可以吗？”

“我以为你是我们之中勇敢的那个。”

“我不能再勇敢下去了。”

“也许杰米会抗争，会自己给你打电话。”

“但现在还不行。他做不到，他只有六岁。也许十六岁的时候他能够做到，但我等不了那么久。那时我可能已经死了，不能错过这几年和他相处的时间。”

“所以这就是我们最后一晚了。”

“嗯。”

他们一起去了楼上。在黑暗中，他们在床上又聊了一会儿。艾迪哭了起来，路易用胳膊搂住她。

“我们一起度过了一段美好的时光，”他说，“你让我改变了很多。我很感激这一切，谢谢你。”

“你在挖苦我。”

“我不是这个意思，这都是心里话。你对我很好，谁还能再奢求更多呢？我变得比我们在一起之前更好了。这都是因为你。”

“你还是这么贴心，谢谢你，路易。”

他们躺在床上却毫无睡意，听着窗外的风声。凌晨两点，路易起身去了浴室。当他回到卧室时，他说：“你还醒着。”

“我睡不着。”她说。

四点时路易再次起身，穿好衣服，把他的睡衣和牙刷放进纸袋。

“你要走了吗？”

“我想我该走了。”

“离天亮还有几个小时呢。”

“我不觉得晚几个小时有什么区别。”

艾迪又哭了起来。

路易走下楼，经过那些熟悉的树木和房子，它们在此时看起来昏暗又陌生。天还没亮，周围一片死寂，街上一辆车也没有。回到自己家，他躺在床上，看着东边的窗户浮现出第一缕晨光。

40

日子仍在继续。秋天时，路易常在晚上经过艾迪的房子，看着楼上她卧室的灯光，他知道那是她的床头灯，还有屋里的大床、深色木制梳妆台，楼下客厅的浴室，他记得屋里的一切，那些黑暗中躺在床上的交谈，他们之间的那种亲密。

有一天，他注意到她的面容浮现在窗边，于是他停下了脚步。没有任何动作或者迹象表明她在看他，但当他到家时，艾迪打来电话："你不能再这样了。"

"哪样？"

"经过我门前。我受不了。"

"现在已经到这个地步了。由你来告诉我什么是我能做的，什么是我不能做的。即使是在自己家附近。"

"我受不了看你经过我家想着你就在那儿，或者总想知道你是不是在那儿。我不能想象你就在我门外。我现在必须彻底和你隔绝了。"

"我以为我们已经分开了。"

"如果你晚上经过这里就不算。"

之后，白天没有关系，晚上路易再也不会经过那栋熟悉的房子了。有几次他们在杂货店或者街上碰见，会看着彼此打声招呼，但这就是全部了。

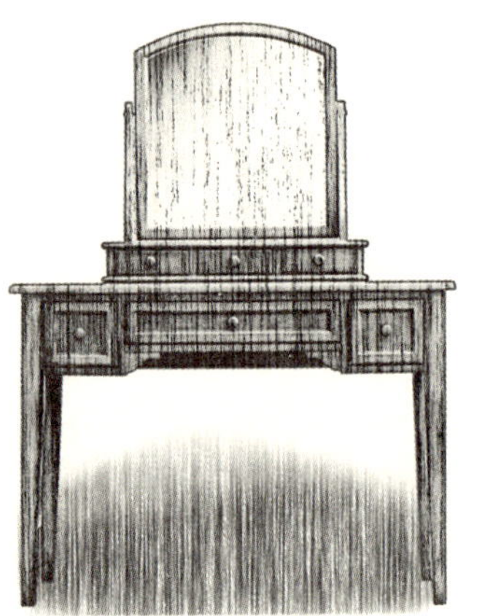

41

一个晴朗的午后，艾迪独自走在市区时，在主街的路边滑了一跤。她伸出手想抓住些什么，可都是徒劳。她躺在地上起不了身，直到有人经过。

“别拉我，”她说，“我好像哪里摔断了。”

有个女人一直跪在她身边陪着，一个男人叠起自己的外套垫在了她头下。他们等她被抬走才离开。到了医院，医生说她摔断了一根髋骨，艾迪让他们给吉恩打电话。

吉恩当天来到医院，决定她最好住到丹佛的一家医院。于是她在救护车上离开了霍尔特，吉恩驱车跟在后面。

三天后，路易正在面包房和朋友们例行见面。多兰·贝克说："你应该知道她的事吧？"

"你指的什么事？"

"我说的是艾迪·摩尔。"

"艾迪·摩尔怎么了？"

"她髋骨骨折了。他们把她送去丹佛了。"

"在丹佛哪里？"

"我不知道，某家医院吧。"

路易回到家，给丹佛所有的医院挨个儿打电话，直到找到她住的那所医院。第二天他开车去往丹佛，在傍晚到达。在问询处，工作人员告诉他艾迪的病房号。他坐电梯到四楼，沿着走廊找到她的房间，然后停在门口。吉恩和杰米正坐在屋里和她说话。

当艾迪看到路易的时候，她的眼里泛起了泪水。

"我能进来吗？"路易问。

"不行，别想进来。"吉恩说，"这里不欢迎你。"

“拜托了，吉恩，只是问个好。”

“给你五分钟，”他说，“不能更长了。”

路易走进病房，在床角停下，杰米过来拥抱他，路易紧紧地抱住他。

“邦妮怎么样？”

“她现在能接球了，能跳起来空中接球。”

“真不错。”

“我们走吧。”吉恩说，“妈，我们出去了。就五分钟。”

他和杰米离开了房间。

“你要不要坐下来？”艾迪问。

路易把椅子拖近了一些，坐在她床边，然后握起她的手亲了一下。

“别这样。”她说，然后抽回了自己的手。

“就在现在，就这么一会儿。这就是我们全部的时间了。”

她看着他的脸：“谁告诉你我在这儿的？”

“面包房里的那个人。你能想象他反过来帮了我个忙吗？你怎么样了？”

“我会好的。”

“你愿意让我帮你吗？”

“不用，真的。你必须走了。你不能待太久。情况没有任何改变。”

“但你需要人照顾。”

“我已经开始理疗了。”

“可你在家还是要人帮忙啊。”

“我不会回家了。”

“你说的是什么意思？”

“吉恩都安排好了。我会去大章克申市住辅助生活房[1]。”

“所以你根本就不会再回去了。”

“是的。”

“天哪，艾迪。我接受不了这样。这不像你。”

“我没有办法。我必须维持自己的家庭。”

“让我成为你的家人。”

1　辅助生活型住房专门给日常生活上需要帮助，但又不需要特别护理的人群。

“但你死后怎么办呢？”

“你可以接着跟吉恩和杰米一起住。”

“不。我只能趁着还能适应改变时做这些。我不能等到自己更老的时候，没有办法再改变，或者连选择的余地都没有。你现在得走了，别再来了，这太难受了。”

他靠过去亲吻她的嘴唇，又亲了亲她的眼睛，离开了病房，经过走廊走进电梯。电梯里有个女人看了一眼他的脸，把头转开了。

42

有一天晚上，她坐在自己公寓的椅子上，用手机给他打电话。

“你会跟我说话吗？”

电话那边有一段长久的沉默。

“路易，你在吗？”艾迪说。

“我以为我们再也不会说话了。”

“我必须和你说话。我不能这么过下去了。现在比我们开始前还难熬。”

“吉恩呢？”

“他不用知道这些。我们可以在夜里打电话聊天。”

“这回看起来像是地下情了。像他说的那样，偷偷摸摸。”

“我不在乎。我太孤独，太想你了。你不跟我说话吗？”

“我也想你。”他说。

“你在哪儿？”

“你指在屋子里哪儿？”

“你在卧室吗？”

“是的，我正在看书。这算是电话性爱吗？”

“这只是两个老人在黑暗里聊天。”艾迪说。

43

艾迪问："现在可以吗？"

"没问题。我刚到楼上。"

"嗯，我就是想你了，特别想跟你说话。"

"你还好吗？"

"今天杰米放学后又来了，我们两个围着街区散步。邦妮也在。"

"他有没有拴上她？"

“用不着。”她说，“杰米说他爸爸妈妈又在吵架。我问：‘那你怎么办呢？’他说：‘我就去自己的卧室。’”

“还好你在那儿陪着他。”路易说。

艾迪说：“你今天都做什么了？”

“什么都没干。我铲雪了，给你那儿也铲了一条小路。”

“为什么？”

“我想这样。租你房子的人出来跟我说话了。他们看起来不错，但那还是你的房子，就像露丝的房子也还是她的。”

“我也有这种感觉。”

“是啊。一切变化太多了。”

“我在床上，”她说，“在我自己屋子里。我告诉过你了吗？”

“还没。但我估计是这样。”

“在丹佛的那部戏要上演了。你要不要拿着票去看？”

“你不去的话我也不去。”

“你可以带上荷莉。”

“我不想。为什么你不把票用了呢？”

“没有你，我也不会自己去看。”她说。

“然后就会有其他人坐在我们的位子上。他们不会知道任何关于我俩的事。”

“又或者为什么这两个位子是空的。”

“但你还是不愿意让我打给你。你不想让我主动打电话。”

“我怕会有人和我一起在房间里。那样我就没法掩饰了。”

“这像我们刚开始那会儿。现在我们好像又重新开始了。你还是那个发起者。只不过现在我们得小心翼翼了。”

“但我们还在继续，不是吗？”她说，“我们还在和对方说话，直到我们再也说不了了，直到我们再也不能继续了。”

“今晚你想聊点儿什么？”

她看向窗外，能看到自己在玻璃上的倒影，以及倒影后的黑暗。

“亲爱的，今晚你那儿冷吗？”

图书在版编目（CIP）数据

晚风如诉 /（美）哈鲁夫（Haruf,K.）著；濮妍译
.—北京：北京联合出版公司，2016.11（2017.2 重印）
ISBN 978-7-5502-7683-3

Ⅰ.①晚… Ⅱ.①哈… ②濮… Ⅲ.①中篇小说—美
国—现代 Ⅳ.① I712.45

中国版本图书馆 CIP 数据核字（2016）第 095562 号

北京市版权局著作权合同登记号 图字：01-2016-2305 号

晚风如诉

作　　者：〔美〕肯特·哈鲁夫
译　　者：濮　妍
责任编辑：牛炜征

北京联合出版公司出版
（北京市西城区德外大街 83 号楼 9 层　100088）
北京慧美印刷有限公司印刷　　新华书店经销
字数 93 千字　　880mm × 1230mm　　1/32　　印张 6.75
2016 年 12 月第 1 版　2017 年 2 月第 2 次印刷
ISBN 978-7-5502-7683-3
定价：32.80 元